KB072535

GAME
BALL
게임볼

게임볼 1

설경구 장편소설

초판 1쇄 찍은 날 § 2016년 11월 4일
초판 1쇄 펴낸 날 § 2016년 11월 11일

지은이 § 설경구
펴낸이 § 서경석

편집책임 § 최지원

펴낸곳 § 도서출판 청어람
등록번호 § 제387-1999-000006호
등록일자 § 1999. 5. 31
어람번호 § 제1-2557호

주소 § 경기도 부천시 원미구 부일로 483번길 40 서경B/D 3F (우) 14640
전화 § 032-656-4452 팩스 § 032-656-4453
http://www.chungeoram.com
E-mail § chungeorambook@daum.net

ISBN 979-11-04-91031-9 04810
ISBN 979-11-04-91030-2 (세트)

GAME
BALL

게임볼
설경구 장편 소설
FUSION FANTASTIC STORY

①

도서출판

청어람

Contents

GAME
BALL
게임볼

Chapter 1

　따악. 경쾌한 소리와 함께 빨랫줄 같이 쭉쭉 뻗어나간 타구가 우중간을 갈랐다.

　우익수와 중견수 사이를 시원하게 갈라놓은 타구는 데굴데굴 굴러서 펜스에 부딪혔고, 우익수와 중견수가 서로 양보하듯 멀뚱멀뚱 바라보는 사이에 1루와 2루에 진루해 있던 주자들은 모두 홈으로 들어왔다.

　"와아!"

　"3루타다!"

　"아예 홈까지 들어가 버려!"

간간이 비아냥이 뒤섞인 요란한 관중들의 함성이 그라운드를 뒤덮었다.

팔짱을 낀 채 경기가 펼쳐지고 있는 그라운드를 지켜보고 있던 강균성이 미간을 찌푸렸다.

수비 위치부터 펜스 플레이, 중계 플레이까지 모두 엉망진창이었다.

만약 방금 3루타를 때린 타자의 발이 조금만 빨랐다면, 눈에 보이지 않는 수비 실책을 곁들인 그라운드 홈런도 충분히 나올 수 있었던 상황이었다.

"배 실장. 여기가 어디야?"

"구단주 관람석입니다."

"누가 그걸 몰라서 물어? 여기가 어느 구장이냐고?"

"한성 비글스의 홈구장입니다."

"내가 간밤에 마신 술이 덜 깨서 착각한 것 아니지?"

"틀림없이 한성 비글스의 홈구장입니다."

"그런데 우리 팀이 실점을 했는데 왜 환호성이 터져 나오는 거야?"

배 실장은 입을 열지 않았지만, 그 대답은 강균성도 잘 알고 있었다.

한성 비글스의 성적이 워낙 부진하다 보니, 홈 팬들보다 원정 팀의 팬들이 더 많이 입장했기 때문이었다. 실책을 하고 나서 고개를 푹 떨구고 있는 중견수와 우익수를 노려보던 강균성의 시선이 전광판으로 향했다.

5 : 2

1점 차로 팽팽하게 이어지던 경기의 균형추는 이번 3루타로 인해서 일순간에 무너져 버렸다.

그리고 투수 교체 타이밍을 놓쳐서 경기의 흐름을 상대 팀에게 내준 감독은 의자에 등을 깊숙이 묻고 망연자실한 표정을 짓고 있었다.

딱. 그 순간 다시 경쾌한 소리가 그라운드에 울려 퍼졌고, 배트 중심에 맞은 타구는 좌익수 앞에서 뚝 떨어졌다.

외야 플라이가 될 것에 대비해서 베이스에 착 달라붙어 있던 3루 주자는 여유 있게 홈으로 들어왔고, 이미 그로기 상태에 빠져 버린 투수는 울상을 짓고 있었다.

그제야 느지막이 마운드로 걸어 나온 감독이 투수를 교체했지만, 이미 승부의 추는 완전히 기울어진 후였다.

"오늘 관중이 얼마나 들었지?"

"1,752명입니다."

"어제는?"

"1,943명입니다."

"가뜩이나 없는 관중이 하루 사이에 이백 명이나 줄었네."

"연패 중이니까요."

"그래, 4연패 중이지."

강균성이 고개를 끄덕였다. 총원 14,000명을 수용할 수 있는 야구장에 관중이 고작 천칠백여 명밖에 들지 않았으니 적자가 나는 것이 당연했다.

어차피 승패가 결정이 나버린 경기에는 관심도 없었다. 올시즌이 모두 끝나고 났을 때, 적자가 대체 얼마나 날지를 머릿속으로 계산하던 강균성이 패잔병 같은 선수들과 승패에 초연한 도인 같은 감독을 살피다가 분통을 터뜨렸다.

"이게 다 아버지 때문이야."

갑자기 매년 하위권을 맴돌던 야구팀인 한성 비글스를 인수할 때부터 불안했다. 그리고 그 불안감은 빗나가지 않았다.

"네가 한번 맡아서 운영해 봐."

하필이면 한성 비글스 야구단이라니.

한성 그룹의 핵심 계열사 중 한 곳인 한성 전자의 사장 자리를 내심 바라고 있었던 강균성에게 아버지는 뜬금없이 한성 비글스 야구단을 맡겼다.

졸지에 팔자에도 없었던 야구팀의 구단주 자리에 앉게 된 강균성이 할 수 있는 것은 별로 없었다.

가끔씩 홈경기가 열릴 때마다 구단주 관람석에 앉아서 팀의 패배를 물끄러미 지켜보다가 돌아가는 것이 전부였다.

"이 멤버로 우승을 시키라고?"

한성 그룹의 회장이자 강균성의 아버지인 강준호는 한성 비글스의 우승을 원했다.

솔직히 말하면 처음에는 착 가라앉은 분위기를 살리기 위해서 실없는 농담을 던지시는 것인 줄 알았다.

매년 하위권을 맴도느라 가을 야구는 한 번도 해본 적이 없는 한성 비글스를 맡기면서 우승을 시키라는 게 말도 안 되는 소리라고 생각했으니까.

그러나 애석하게도 강준호는 농담을 즐기는 편이 아니었다.

"만약 5년 내에 우승을 시키지 못하면 네 경영 복귀는 없다."

강준호는 딱 잘라 말했다.

한 번 입 밖으로 내뱉은 말은 하늘이 두 쪽 나는 한이 있더라도 지키시는 양반인 만큼, 만약 한성 비글스를 우승시키지 못한다면 영원히 그룹으로 돌아가지 못할 수도 있었다.

"형에게 그룹을 물려주려고 작정하신 거지."

아버지의 계산이 무엇인지 알아채지 못할 정도로 강균성이 눈치가 없지는 않았다.

그렇다고 이대로 그룹의 경영 일선에서 밀려나 포기하는 것은 너무 억울했다.

애정이라고는 눈곱만큼도 생기지 않는 한성 비글스 팀의 재미없는 경기나 지켜보면서 늙어가는 것은 죽기보다 싫었다.

"그럼 투자라도 많이 해주시던가."

이미 흥미를 잃어버린 그라운드에 더 시선을 던지는 대신, 강균성은 아이패드를 꺼냈다.

그리고 한창 그라운드에서 펼쳐지는 경기보다 훨씬 더 재밌는 경기를 관전하기 시작했다.

1 : 1

7회까지 경기는 팽팽하게 진행됐다.

한성 비글스의 선발투수인 백혁민은 5회 2사까지 퍼펙트게임을 이어나갔다.

상대 팀인 우송 선더스의 강타선을 맞아서 안타는 물론이고 사사구 하나 내주지 않은 말 그대로 완벽한 투구였다.

최고 구속 141㎞, 평균 구속 136㎞.

백혁민이 던지는 직구의 구속은 결코 빠르다고 할 수 없었지만, 공 끝에 묵직한 힘이 실려 있었다.

그리고 직구와 구속이 불과 2㎞ 차이밖에 나지 않는 빠르고 각이 예리한 슬라이더는 교활한 뱀처럼 타자의 몸 쪽으로 휘어지며 파고들어 연거푸 범타를 만들어냈다.

게다가 결정구인 낙차 큰 커브는 우송 선더스 타자들의 타이밍을 빼앗아 헛스윙을 연신 유도하며 삼진 개수를 꾸준히 늘려가고 있었다.

5회 2사까지 잡고서 잠시 방심하다가 상대 팀인 우송 선더스의 8번 타자에게 2루수와 좌익수 사이에 뚝 떨어지는 텍사스성 안타를 허용한 것이 5회까지 백혁민이 허용했던 유일한 출루였다.

"잘했어."

가쁜 숨을 몰아쉬며 백혁민이 더그아웃으로 걸어 들어왔다.

그런 백혁민의 얼굴에는 불만이 가득했지만, 노우진은 칭찬을 건네며 의자에 걸터앉아 숨을 고르는 그를 유심히 살폈다.

7회까지 백혁민의 총 투구 수는 94개.

선발투수로 등판했을 때 평균 투구 수가 110개 언저리였던 것을 감안하면 아직 한계 투구 수에 다다른 것은 아니었다.

'한 이닝 정도 더 맡겨도 되지 않을까?'

천천히 숨을 몰아쉬면서 호흡 조절을 하고 있는 백혁민의 눈빛은 아직 살아 있었다.

그의 두 눈에는 승패가 결정되지 않은 시점인 지금, 마운드에서 절대로 먼저 내려오지 않겠다는 단호한 결의가 담겨 있었다.

선발투수라면 꼭 갖춰야 할 덕목인 책임감과 승부욕이었고, 우진도 그 책임감과 승부욕을 높게 평가했지만 이내 고개를 가로저었다.

'위험해!'

경기는 팽팽하게 진행되고 있었고, 특별한 변수가 발생하지 않는 이상 한 점 승부일 것이 틀림없었다.

즉, 홈런 같은 장타 한 방으로 승부의 추가 기울어질 수 있다는 뜻이었다.

7회까지 단 2안타만을 허용하고 있었지만, 백혁민의 구위는 5회가 끝난 후 현저히 떨어지고 있었다.

7회 말 수비에서 상대 팀의 2번 타자에게 불의의 일격인 솔로 홈런을 얻어맞은 것이 그 증거였다.

'8회 마운드는 누구에게 맡겨야 할까?'

감독석에 앉은 우진이 팔짱을 낀 채 고민에 잠겼다. 구위만 놓고 보자면 정통파 우완 불펜 투수인 김진수를 마운드에 올리는 것이 옳았다.

하지만 8회에 올라가서 상대해야 할 세 명의 상대 팀 타선 가운데 두 명이 좌타자라는 것이 자꾸 마음에 걸렸다.

불펜에는 좌완 투수인 최지환도 대기하고 있었지만, 지난 두 경기에 쉬지 않고 연달아 마운드에 오른 탓에 구위가 평소만 못한 것이 불안했다.

"김진수를 올린다!"

한참을 고민하던 우진이 마침내 결정을 내렸다.

데이터 분석 결과만 놓고 보자면 좌완 셋업맨인 최지환을 올리는 게 맞았다.

그러나 우진은 자신의 감을 믿었다. 불펜에서 몸을 풀고 있던 김진수의 묵직한 직구를 직접 눈으로 보았기 때문에 내린 결정이었다.

"더 던질 수 있습니다."

막 마운드를 교체하기로 결심한 순간, 우진의 앞으로 선발 투수였던 백혁민이 다가왔다.

오른쪽 어깨에 점퍼를 걸치고 있는 백혁민은 마치 불이라도 뿜어져 나올 것처럼 강렬한 눈빛으로 더 던지고 싶다고 어필했다.

"한계 투구 수에 가까워졌어."

"아직 힘이 남았습니다."

"하지만 볼 끝이……."

"한 이닝은 더 막을 수 있습니다."

"자신 있어?"

"믿어주십시오."

"정말 자신 있어?"

"승부구를 일부러 감춰뒀습니다."

백혁민은 쉽게 물러서지 않았고, 우진은 난감한 기색을 감출 수 없었다.

원래라면 계획대로 이 시점에서 마운드를 교체해야 했다. 그러나 올해 16승이나 올린 선발투수이자 팀의 에이스인 백혁민의 자존심도 고려하지 않을 수 없었다.

그래서 망설이던 우진이 다시 입을 뗐다.

"이번 경기가 얼마나 중요한지 알지?"

"잘 압니다."

"올해 우리 팀이 가을 야구를 하느냐 마느냐가 이번 경기에 달렸다고 해도 과언이 아니야."

"그래서 선발 등판 간격을 조정해 가면서까지 저한테 이번 경기를 맡기신 것 아닙니까?"

백혁민은 자신감이 흘러넘쳤다. 그러나 우진은 그것을 탓하지 않았다.

이 무모하리만치 강한 자신감이 백혁민의 이름 앞에 늘 따라붙었던 만년 유망주라는 꼬리표를 떼어내고 팀의 에이스로 성장할 수 있게 만든 원동력이었으니까.

"좋다, 나가라."

"네."

"그리고 투수 교체는 없다. 9회까지 무조건 네가 책임져라."

"감사합니다. 끝까지 책임지겠습니다."

어쩌면 잘못된 판단일지도 몰랐다. 그래서 훗날 두고두고 후회할 가능성도 큰 결정이었다.

하지만 만약 같은 상황이 다시 찾아온다고 해도 우진의 결정은 바뀌지 않을 것이었다.

프로야구 시즌은 올해만 있는 것이 아니었다.

올해뿐만 아니라 내년 시즌도 생각해야 했다.

백혁민은 내년에도 팀의 에이스 역할을 맡아줘야 할 선발 투수였고, 설령 이번 한 경기를 놓치더라도 그의 자존심을 세워주지 않는다면 지독한 상실감으로 인해 내년 시즌을 망칠지도 몰랐다.

한 시즌만 생각하지 않고 장기적인 팀의 플랜을 짜는 것.

그게 바로 감독의 역할 중 하나라는 우진의 생각은 확고했다.

"자, 모두 모여 봐. 투수의 공을 두들겨서 딱 한 점만 내. 우리 에이스의 어깨를 가볍게 만들어주라고."

우진이 8회 초 공격에 나서는 타자들을 격려했다. 경기의 중요성을 알고 있는 선수들이 파이팅을 외치며 공격에 나섰지만, 현재 리그 2위를 달리고 있는 우송 선더스의 좌완 셋업맨인 서만기의 공이 너무 좋았다.

올해 홀드 부문에서 부동의 1위를 고수하고 있는 서만기의 공은 마치 면도날처럼 날카롭게 홈플레이트의 구석구석을 파고들었고, 삼진 하나와 땅볼 두 개로 8회 초 공격은 허무하게 끝나 버렸다.

8회 말, 상대 팀인 우송 선더스의 공격은 4번 타자인 외국인 선수 빌헬름부터 시작됐다. 현재 타율 316, 홈런 29개를 기록하고 있는 빌헬름은 우송 선더스에서 가장 위협적인 타자였고, 시즌 막바지에 접어든 지금은 50,000달러의 옵션이 걸려 있는 30홈런을 채우기 위해서 배트를 움켜쥔 양손에 잔뜩 힘이 들어가 있었다.

백혁민은 상대 팀의 4번 타자를 맞이했지만 팀의 에이스답게 전혀 위축되지 않고 꿋꿋하게 공을 뿌렸다.

퍼엉. 초구는 홈플레이트 구석을 정확하게 찌르는 바깥쪽 직구 스트라이크, 빌헬름은 가만히 서서 지켜보기만 할 뿐 미동도 하지 않았다.

2구는 역시 바깥쪽 직구, 아직 힘이 떨어지지 않았다는 것을 과시하고 싶은 듯 백혁민이 힘껏 뿌린 공이었지만, 공 반 개 차이로 살짝 빠져서 볼이 선언됐다.

3구는 바깥쪽으로 휘어져 나가는 슬라이더였지만 공 한 개 정도 빠져서 역시 볼로 선언됐다.

볼 판정이 아쉬운 듯 한숨을 내쉰 백혁민이 뿌린 4구는 낙차 큰 커브였다.

직구와 구속 차이가 20㎞ 이상 나는 커브는 빌헬름의 의표를 찌르며 몸 쪽으로 들어갔다. 빌헬름의 방망이는 움찔한 것이 다였다.

계속 기다리고 있었던 몸 쪽 공을 놓치고 나서 분한 듯 콧김을 씩씩 내뿜던 빌헬름이 주먹으로 헬멧을 툭툭 치며 자책했다.

그리고 백혁민을 부리부리한 눈으로 노려보며 다시 타석으로 들어섰다.

'승부!'

우진이 마른침을 꿀꺽 삼켰다.

볼 카운트는 2볼 2스트라이크, 볼넷을 허용할 때까지는 아직 볼 두 개의 여유가 있었지만, 풀카운트에 몰리게 되면 불리해지는 것은 투수였다.

게다가 빌헬름은 8회 말의 선두 타자. 만약 볼넷을 허용한다면 우송 선더스의 감독은 발이 빠른 대주자로 교체해서 보내기 번트를 시도할 것이 틀림없었다.

그리고 그때는 짧은 안타 한 방만 얻어맞아도 승부의 추가 기울게 되는 점수를 내줄 수밖에 없었다.

무조건 이번 공으로 승부를 걸어야 했다.

그리고 백혁민도 그 사실을 알고 있는 듯 로진백을 신중하게 주무른 후 투구 모션을 취했다.

와인드업 후 백혁민이 힘차게 공을 뿌리는 것을 지켜보던 우진의 낯빛이 창백하게 질렸다.

긴장한 탓에 너무 힘이 들어간 걸까?

백혁민이 던진 밋밋한 공은 제구에 실패한 듯 타자의 몸 쪽으로 들어갔고, 몸 쪽 공을 잔뜩 노리고 있던 빌헬름이 기회를 놓치지 않고 있는 힘껏 배트를 휘둘렀다.

"끝났다!"

우진이 자신도 모르게 탄식을 내뱉은 순간, 자신감에 가득 차 있던 빌헬름의 표정이 일그러졌다.

빌헬름의 왼쪽 무릎이 급격히 무너지며 완벽하게 유지하고 있던 자세는 흐트러졌고, 공을 맞추는 대신 허공을 가른 배트는 크고 두툼한 손에서 빠져나가 바닥을 데굴데굴 굴렀다.

원 바운드로 들어온 공은 포수의 글러브에 들어가 있었고, 백혁민은 꽉 쥔 주먹을 하늘로 들어 올리며 기쁜 마음을 드러냈다.

"승부구는 포크볼이었어."

총 100구 가까이 던질 동안 백혁민이 한 번도 선보이지 않고 감춰두었던 포크볼이라는 승부구가 마침내 빛을 발한 순간, 우진도 기쁨을 주체하지 못 하고 벌떡 일어나며 주먹을 꽉 움켜쥐었다.

"저 선수, 대체 누구야?"

강균성이 깜짝 놀라며 질문을 던졌지만, 배 실장의 대답은 바로 돌아오지 않았다.

의아한 마음에 돌아보자, 배 실장은 한심하다는 듯한 시선을 던지고 있었다.

"왜 그런 눈으로 보는 거야?"

"정말 모르십니까?"

"몰라. 모르니까 묻지."

"한성 비글스의 4번 타자이자 팀의 주장, 올해 연봉으로 무려 4억을 받고 있는 장태준입니다."

강균성이 그라운드로 시선을 던졌다.

연봉을 4억씩이나 받고 있지만, 2할 5푼도 되지 않는 낮은 타율을 기록하고 있고, 경기의 승패와 상관없는 순간에 간간이 터져 나오는 홈런 덕분에 공갈포라는 별명을 얻은 장태준이 타석에서 힘껏 헛스윙을 하고 있는 모습이 보였다.

비록 애정이 없다고는 해도 강균성도 명색이 구단주인 만큼, 팀의 4번 타자의 이름 정도는 알았다.

"저 친구를 말한 게 아니잖아."

"그럼 누굴 말씀하신 겁니까?"

"백혁민이 누구냐는 말이었어."

강균성이 관심을 가지고 잇는 것은 이미 승부의 추가 기울어진 그라운드에서 펼쳐지는 경기가 아니었다. 아이패드 속에서 벌어지고 있는 치열한 경기에서 한성 비글스 팀의 에이스 역할을 맡고 있는 백혁민이라는 투수였다.

역대 최고의 외국인 타자 중 한 명이라는 명성을 얻고 있는 빌헬름을 삼진으로 돌려 세우고 나서 두 주먹을 불끈 움켜쥔 채 포효하고 있는 백혁민은 진짜 한성 비글스라는 팀에는 없었다.

"몰라?"

"처음 들어보는 이름입니다."

"이런 대단한 선수를 모른다고?"

"모르겠습니다."

"돌아버리겠네."

"……"

"뭐하고 서 있어? 지금 당장 스카우터 불러."

강균성이 비명처럼 소리를 질렀다. 배 실장은 황급히 움직였고, 잠시 뒤 한성 비글스의 스카우트 총괄 책임자인 윤제균이 얼마 남지 않은 하얀 머리카락을 휘날리며 구단주 관람석으로 뛰어 들어왔다.

"찾으셨습니까?"

허리까지 숙이며 공손하게 인사하는 윤제균의 인사를 받아줄 여유도 없이, 강균성이 바로 입을 열었다.

"백혁민이란 선수에 대해 압니까?"

"백혁민요?"

"그래요, 백혁민."

눈살을 찌푸린 채 고민에 잠겼던 윤제균은 한참 만에야 기억이 난 듯 고개를 끄덕이며 말했다.

"네, 알고 있습니다."

"운이 좋네요."

"네?"

"만약에 백혁민이란 이름을 들어본 적이 없다고 대답했으면 바로 해고해 버리려고 했었거든요."

이건 농담이 아니었다. 그리고 농담이 아니라는 것을 직감적으로 깨달은 윤제균의 불그스름한 낯빛이 순식간에 창백하게 느껴질 정도로 하얗게 질리는 것을 바라보던 강균성이 질문을 이어나갔다.

"한성 비글스 소속입니까?"

"그게… 그랬습니다."

"그랬습니다? 무슨 뜻입니까?"

"실은……"

"시간 없으니까 빨리 대답해요."

"그게… 더 이상 우리 팀 소속이 아닙니다."

"……?"

"작년에 방출됐습니다."

방출이라니. 팀의 에이스 역할을 맡고 있는 이렇게 좋은 선수를 방출시켰다는 이야기를 듣는 순간, 기가 막혔다. 그래서 강균성이 더 참지 못하고 버럭 소리를 질렀다.

"누가 방출시켰죠?"

"감독님께서 결정하셨습니다."

"저 대머리 영감이!"

강균성이 벌떡 일어나며 더그아웃을 노려보았다.

마침 장태준이 맥없이 삼진으로 물러나며 경기는 끝나 있었다.

경기 내내 앉아 있던 감독석에서 일어나 산책이라도 하려는 듯 그라운드로 천천히 걸어 나오고 있는 한성 비글스 팀의 감독이 보였다.

이번 경기를 패하며 5연패에 빠진 팀의 부진한 성적에 대한 책임 따위는 통감하지 못한다는 듯 느긋한 표정으로 걸어 나온 대머리 감독은 코치들과 실실 웃으며 농담까지 주고받고 있었다.

"왜… 그러십니까?"

아직 상황 파악이 제대로 되지 않은 윤제균이 조심스럽게 질문을 던지자, 강균성은 설명하는 대신 아이패드를 건넸다.

"눈 크게 뜨고 잘 봐요."

"이게 뭡니까?"

"보면 몰라요? 그게 뭔 거 같아요?"

"게임인 것 같습니다만."

"게임 맞아요."

"……."

"게임볼이란 야구 게임이지."

"게임… 볼요?"

"자세한 건 나중에 얘기하고, 일단 자세히 보기나 해요."

윤제균이 아이패드 화면 위로 시선을 던졌을 때, 마침 백혁민이 와인드업을 한 후 공을 뿌렸다.

몸 쪽 꽉 찬 직구는 홈플레이트를 빠르게 통과했고, 타자는 배트도 휘두르지 못한 채 삼진으로 물러났다.

공수 교대.

8회 말까지 선발투수 백혁민의 투구 수는 총 110개, 삼진은 무려 아홉 개를 뽑아냈고, 단 2안타 1실점으로 상대 타선을 거의 완벽하게 틀어막았다.

"그 선수가 백혁민이예요."

"네? 아, 네."

"어떤 것 같아요?"

"좋은… 선수인 것 같습니다."

윤제균이 엉겁결에 대답하는 것을 듣던 강균성이 기회를

놓치지 않고 쏘아붙였다.

"그런데 이렇게 좋은 선수를 왜 방출했단 겁니까?"

"그건……."

"어서 대답해 봐요."

"게임과 현실은 많이 다릅니다."

떨떠름한 표정을 짓고 있던 윤제균이 조심스레 꺼낸 말을 듣고서 균성이 미간을 슬쩍 찌푸렸다.

틀린 말은 아니었다. 게임과 현실은 분명히 달랐다. 그래서 강균성이 지체하지 않고 말을 받았다.

"그 정도는 나도 알고 있어요. 현실에서는 만년 꼴찌인 한성 비글스가 게임볼에서는 3위를 달리고 있으니까."

*   *   *

9회 초.

마운드로 올라오고 있는 투수를 확인한 우진의 껌 씹는 속도가 빨라졌다.

마운드로 올라와서 연습 투구를 시작한 것은 우송 선더스의 철벽 마무리 투수인 손정록이었다.

승부의 추가 기울지 않은 동점 상황에서 마무리 투수를 올린다는 것은 부담이 큰 결정이었다.

비록 시즌의 막바지라고 해도 아직 남아 있는 게임이 꽤 많았기 때문이었다.

그럼에도 불구하고 마무리 투수인 손정록을 마운드에 올렸다는 것은 달리 말하면 그만큼 승리에 대한 욕심이 크다는 뜻이기도 했다.

"절대로 2위 자리를 내놓지 않겠다는 뜻이로군."

우진이 무심한 표정으로 더그아웃에 앉아 있는 우송 선더스의 감독을 노려보았다.

그의 머릿속에 어떤 생각이 오가고 있는가는 알 수 없는 노릇이었다.

다만 한 가지는 확실했다.

"무슨 수를 써서라도 점수를 내야 해."

손정록은 현재 리그 선두를 달리고 있는 대승 원더스의 마무리 투수인 오상현과 세이브 선두 경쟁을 벌이고 있을 정도로 정상급 마무리 투수였다.

반면에 한성 비글스의 마무리 투수인 홍영삼은 세이브 성공수도 적었고, 블론 세이브(세이브 기회를 날리는 것) 개수도 많아서 안정감이 현저히 떨어졌다.

게다가 불펜진의 면면을 살펴보더라도 한성 비글스는 우송 선더스에 비해 훨씬 약했다.

만약 9회가 끝났을 때도 승부가 결정이 나지 않고 경기가 연장으로 접어들어서 선발투수인 백혁민이 마운드에서 내려온다면 절대적으로 불리한 것은 한성 비글스였다.

"공필상, 대타로 나가."

무슨 수를 써서라도 이번 회에 승부를 결정짓기로 결심한 우진은 이틀 전에 2군에서 1군으로 올린 공필상을 대타로 선택했다.

아직 1군의 분위기 파악이 덜 된 듯 더그아웃 구석에 조용히 앉아서 경기를 관전하고 있던 공필상은 믿기지 않는 듯한 표정을 지은 채 다가왔다.

"제가 나가는 겁니까?"

"그래. 기습 번트다."

"네? 네."

"우송 선더스의 3루수는 수비가 미숙한 편이고 어깨도 약하다. 무조건 3루 쪽으로 번트를 대."

"알겠습니다."

정신을 차리기 위해서 헬멧을 툭툭 치며 타석으로 걸어 나가는 공필상에게 우진이 당부했다.

"그리고 하나 더. 슬라이딩 하지 마."

"네?"

"그냥 시키는 대로 해."

"알겠습니다."

고개를 몇 번 주억거린 공필상이 타석에 들어서는 것을 확인한 우진이 상대 팀의 반응을 살폈다.

공필상은 1군 경기 경험이 거의 전무했다. 원래는 이것이 약점으로 작용하겠지만 이번만큼은 달랐다.

굳이 표현하자면 이틀 전에 2군에서 1군으로 올라온 공필상은 베일에 가려진 선수였다.

우송 선더스는 공필상이라는 선수에 대해서 알고 있는 정보가 전무했다.

그래서 쉽게 수비 시프트를 펼칠 수 없었고, 그것이 바로 우진이 노리고 있는 점이었다.

톡. 손정록이 기선을 제압하기 위해 던진 몸 쪽 직구를 놓치지 않고 공필상이 바로 번트를 댔다.

데굴데굴. 3루 선상을 타고 공이 느릿하게 굴러가기 시작했다.

기습 번트를 댈 것이라고는 전혀 예상하지 못해서 아무런 대비도 하지 않고 있던 3루수의 표정이 순간 일그러지는 것이 보였다.

"자, 어서 달려!"

우진이 씹고 있던 껌을 뱉어내며 소리쳤다. 이번 경기의 승패를 가를 승부처가 바로 지금이었다.

잠시 멈칫했다가 전력 질주하며 대시한 3루수가 데굴데굴

구르는 공을 맨손으로 낚아챘다.

글러브로 잡는다면 도저히 타자를 아웃시킬 타이밍이 나오지 않는다고 판단했기 때문이리라.

3루수는 공을 잡자마자 달려들던 속도를 늦추지 않고 1루로 던졌다.

3루수의 판단은 좋았다. 하지만 공필상은 타격에는 그다지 재능이 없었지만 대주자로 쓸 요량으로 1군에 불러올렸을 정도로 발이 빠른 선수였다.

3루수가 송구한 공이 1루에 미처 도착하기도 전에 공필상의 발이 1루 베이스를 밟고 지나갔다.

그리고 아직 끝이 아니었다. 3루수의 어깨가 약한 탓에 원바운드로 송구된 공은 1루수가 잡기 힘들 정도로 불규칙 바운드를 일으키며 갑자기 높이 솟구쳤고 그대로 뒤로 빠져나갔다.

"와아!"

관중들의 함성이 커진 덕분에 상황을 파악한 공필상은 머뭇거리지 않고 2루를 향해 달렸다.

기습 번트를 예상치 못했던 포수는 1루 백업이 늦었고, 3루 주루 코치의 팔은 공필상을 향해 미친 듯이 원을 그렸다.

쏴아악.

공필성이 3루 베이스를 향해 슬라이딩을 한 것과 포수가 던진 공이 3루수의 글러브에 도착한 것은 거의 동시였다.

잠시 뒤, 3루심의 양 팔이 옆으로 쫙 벌어진 순간, 우진은 자신의 승부수가 먹혀든 것을 깨달았다.

*　　　*　　　*

"내 실수였어."

강균성은 솔직하게 인정했다.

"이제 3위가 아니라 2위로군."

아이패드를 바라보던 강균성이 기분 좋게 웃었다.

비록 현실은 아니었지만, 한성 비글스가 이번 경기를 이기면서 2위에 올라서는 것을 확인하고 나니 기분이 살짝 들뜨는 것은 어쩔 수 없었다.

"아까 뭐라 그랬소?"

경기가 종료된 것을 확인한 강균성이 꿔다놓은 보릿자루처럼 멀뚱멀뚱 서 있던 윤제균에게 물었다.

"게임과 현실은 많이 다르다고 말했습니다."

윤제균이 힘주어 말했지만, 강균성은 천천히 고개를 흔들었다.

"그건 당신이 게임볼에 대해서 잘 몰라서 하는 말이오."

"하지만……."

"영 알아듣는 기색이 아니니 우선 게임볼에 대해서 간략하게 설명을 해주겠소. 게임볼은 야구 게임 중의 하나로 게임 유저가 야구 감독이 돼서 직접 게임을 플레이하는 것이오. 여기까진 알아듣겠소?"

구속 측정기 외의 기계와는 아예 담을 쌓고 지낼 것처럼 보이는 쉰을 훌쩍 넘긴 윤제균에게 확인했다.

다행히 아주 바보는 아닌 듯, 그는 망설이지 않고 고개를 끄덕였다.

"알아들었습니다."

"좋아요. 그럼 이 게임의 진짜 매력에 대해 알려주겠소. 게임볼을 시작할 당시에 주어지는 기본 전력은 모두 같소. 즉, 현재 국내의 프로야구 팀 열 개 가운데 한 팀을 선택하면 게임을 시작하는 당시의 팀에 소속된 선수들과 코치진이 그대로 주어지는 거요. 그리고 그 팀을 이끌고 게임 리그에 참가하는 거지. 자, 여기서부터가 중요하오. 그러니 귀 쫑긋 세우고 잘 들으시오. 먼저 게임은 수준에 따라서 참가할 수 있는 리그가 정해져 있소. 어느 리그냐면……."

게임볼에서 운영하는 리그는 크게 세 그룹으로 나뉘어져 있었다.

마이너 리그, 세미프로 리그, 그리고 프로 리그.

마이너 리그는 게임볼에 참여한 모든 게이머들이 거쳐야

하는 가장 기초적이면서도 하위에 속하는 리그였다.

같은 팀을 선택한 게이머를 제외한 다른 게이머들과 끊임없이 경기를 벌이면서 승패를 쌓아가는 과정을 계속했고, 그 가운데 각각의 팀에서 가장 승률이 높은 게이머들 세 명만이 상위 리그인 세미프로리그에 진출할 수 있는 자격을 얻을 수 있었다.

세미프로리그는 마이너리그에서 올라온 게이머들이 실제 경기 수와 똑같은 경기 수를 치르면서 승부를 펼쳤다.

그리고 세미프로리그에서 가장 승률이 높은 게이머들만이 상위 리그인 프로리그로 올라갈 수 있는 자격을 얻었다.

그러나 승률이 높다고 해서 무조건 프로리그에 올라갈 수 있는 것은 아니었다. 여기서부터는 어느 정도 운도 작용했다.

프로리그는 최고의 게이머들이 맡은 열 개의 팀이 1년 동안 실제 프로야구처럼 치열한 경기를 벌이는 전장이었다.

10개의 팀 가운데 하위로 처진 세 개의 팀을 맡은 게이머는 시즌이 끝나고 나서 하위 리그인 세미프로리그로 강등되고, 세미프로리그에서 최고의 승률을 거둔 게이머들 가운데 강등당한 세 개의 팀을 이끌고 있는 게이머들이 프로리그에 입성하는 시스템이었다.

즉, 세미프로리그에서 우송 선더스라는 팀을 이끌고 최고의 승률을 기록한 게이머라 하더라도, 만약 프로리그에 속해 있는 우송 선더스가 8위나 9위, 꼴찌를 차지하지 않는다면 다음 시즌 프로리그에 참가할 수 없게 되는 것이었다.

그래서 실력은 물론이고 운도 어느 정도 작용하는 셈이었다.

"마이너리그와 세미프로리그를 거치면서 각각의 야구팀은 감독 고유의 색깔을 가진 팀으로 변하게 마련이오. 쉽게 말해서 같은 한성 비글스 팀이라고 해도 감독의 팀 운영에 따라 백이면 백, 전혀 다른 팀으로 바뀐다는 뜻이오. 그 이유는 감독에게 전권이 주어지기 때문이오."

게임볼에서는 감독을 맡은 게이머에게 팀의 운영에 관한 전권이 주어졌다.

선수단 구성, 연봉 협상, FA 영입, 트레이드, 코치진 구성까지. 그러다 보니 게이머의 성향에 따라서 전혀 다른 색깔의 팀이 만들어지기 일쑤였다.

물론 선수 면면도 많이 바뀌었다. 예를 들면 국내 최고의 마무리 투수인 오상현이 현금 트레이드로 인해서 현재 소속 팀인 대승 원더스가 아닌 삼산 치타스 팀에서 뛰고 있는 경우가 존재했다.

"이게 바로 게임볼이오."

강균성이 꽤나 긴 설명을 마친 후, 윤제균의 반응을 살폈다.

제대로 알아들었을까? 멀뚱하니 서 있던 윤제균은 한참 만에야 입을 뗐다.

"그걸 대체 왜 합니까?

"그야… 답답하니까."

"……."

"실제 프로야구 경기를 보다 보면 답답할 때가 한두 번이오? 내가 감독이면 다른 작전을 펼칠 텐데, 저 선수를 영입할 텐데, 이런 생각들을 가진 사람들이 그 답답함을 풀어내기 위해서 직접 게임볼에 참가해서 감독을 하는 거요. 그래서 나도 게임볼을 하고 있소."

게임볼에는 분명히 여러 가지 매력이 존재했다. 그러나 그 가운데 게임볼을 하는 가장 큰 매력을 꼽자면 바로 대리 만족이었다.

한성 비글스, 만년 꼴찌인 최악의 팀이었다.

게다가 강균성은 단순한 팬이 아니라, 한성 비글스를 이끌고 있는 구단주였다.

만년 꼴찌를 기록하고 있는 한성 비글스의 경기를 관람하고 있자면 속에서 천불이 날 지경이었다.

그래서 강균성은 게임볼을 시작했다. 적어도 게임에서만은 최고로 좋은 팀을 만들어서 이기고 싶었기 때문이었다.

물론 그 외에도 게임볼에는 많은 매력이 존재했다. 재미도 있었고, 우승 상금도 꽤 큰 편이었다.

특히 최상위 리그인 프로리그에서 우승을 할 경우에 게이머에게 주어지는 상금은 무려 1억 원. 돈이 썩어나갈 정도로 많은 강균성의 입장에서는 푼돈에 불과했지만, 다른 누군가에게는 큰돈이 틀림없었다.

"그럼 조금 전에 제가 본 한성 비글스의 감독이 구단주님이십니까?"

윤제균이 한참 만에 다시 던진 질문은 꽤 날카로웠다. 그래서 잠시 머뭇거렸던 강균성이 마지못해 답했다.

"내가 아니오."

"그럼?"

"난 대승 원더스의 감독을 맡고 있소. 한성 비글스라면 지긋지긋해서."

"……?"

"어쨌든 지금 그딴 게 중요한 게 아니오. 내가 진짜 하고 싶은 말은 게임볼은 단순한 게임이 아니고, 현실과 크게 다르지도 않다는 것이오. 선수들의 심리적인 부분까지 모두 게임의 요소에 들어갈 정도로 아주 정교한 게임이니까."

윤제균을 향해 소리친 강균성이 그림자처럼 뒤편에 서 있던 배 실장을 바라보며 물었다.

"국내 최고의 마무리 투수인 오상현을 얼마 주고 샀지?"

"75억입니다."

"홈런왕이었던 김대호는?

"100억입니다."

"최다 안타를 쳤던 장아섭은?"

"70억입니다."

마치 기다렸다는 듯이 흘러나온 배 실장의 대답이 끝나자마자, 강균성은 다시 물었다.

"총 얼마야?"

"245억입니다."

"FA로 영입한 선수들 제외한 선수들의 연봉은 모두 얼마지?"

"130억입니다."

"130억이라."

245억에 130억을 더하면 무려 375억에 달했다. 물론 FA로 영입한 선수들이 있는 만큼 연봉 총액이 조금 줄어들긴 하지만, 그래도 엄청난 거액인 것은 사실이었다.

"어떻게 생각합니까?"

"지나치게 과한 투자였습니다."

"그래도 성과가 없진 않았소. 몇 년간 꾸준히 좋은 선수들을 우리 팀에 끌어모은 결과, 현재 대승 원더스가 프로리그에서 1위를 달리고 있으니까. 그런데 기가 막힌 게 뭔지 아시오?"

"······."

"내가 쏟아부은 돈의 1/10도 쏟아붓지 않은 한성 비글스가 이번 경기를 이김으로써 반 게임 차로 추격해 왔다는 거요."

윤제균은 아직도 제대로 계산이 되지 않는 표정이었다. 그래서 강균성이 다른 지시를 내렸다.

"그만 가시오."

"어디로?"

"당장 나가서 백혁민을 다시 잡아오시오."

"알겠습니다."

이 자리가 부담스러웠던 듯, 윤제균은 안도의 한숨을 내쉬며 재빨리 구단주 관람석에서 빠져나갔다.

얼마 들어오지 않았던 관중들마저 모두 빠져나간 탓에 텅 빈 경기장을 물끄러미 바라보던 강균성이 배 실장에게 명령을 내렸다.

"한성 비글스의 감독을 맡고 있는 게이머가 누군지 알아내. 그리고 무슨 수를 써서라도 약속을 잡아."

"알겠습니다."

배 실장은 언제나처럼 명령을 받고서 의문을 표하는 대신 바로 움직였다. 구단주 관람석의 문을 열고 나가려는 배 실장의 등을 노려보던 강균성이 물었다.

"배 실장. 내가 이 친구를 왜 찾는지 궁금하지 않아?"

"대충 알 것 같습니다."

"뭘 것 같은데?"

"돈으로 매수하시려는 것 아닙니까?"

뜻밖의 대답이었다. 그래서 어이없는 표정을 지은 채 배 실장을 바라보고 있던 강균성이 되물었다.

"왜 그렇게 생각해?"

"우승을 하고 싶어 하셨으니까요."

"그렇긴 하지. 하지만 그 정도로 한심하지는 않아."

강균성이 쓰게 웃었다. 그리고 의아한 시선을 던지고 있는 배 실장에게 덧붙였다.

"난 게임이 아니라 진짜 그라운드에서 우승하고 싶어. 그래서 그 친구를 찾아서 한번 만나보려는 거야."

Chapter 2

　누런 낙엽이 바람에 실려 이리저리 나뒹구는 것을 물끄러미
바라보다가 운동장으로 시선을 돌렸다.

　가을 날씨치고는 무척 차갑고 휑한 바람이 텅 빈 운동장을
훑고 지나갔다가 돌아오기를 반복하고 있었다. 그 바람을 피
하지 않고 고스란히 맞고 있던 우진이 초조한 기색을 감추지
못하고 시계를 살폈다.

　11시 30분

　무심한 시간은 언제나처럼 빠르게 흘러갔다. 이제 정말 출
발을 해야 할 시간이었다. 그래야 경기 시작 시간에 늦지 않

게 도착할 수 있을 테니까.

운동장 한구석에 아까부터 세워져 있는 관광버스가 보였다.

원래라면 30분 전에 운동장에 모여서 인원 점검을 마치고 이미 저 버스에 올라탔었어야 했는데, 버스는 지금까지도 텅 비어 있었다.

23명, 원한 고등학교 야구부의 총인원이었지만, 지금 운동장에 나와 있는 것은 단 한 명뿐이었다.

야구부 주장을 맡고 있는 3학년 병수는 아까부터 어찌해야 할지 모르겠다는 표정을 지은 채 안절부절못하고 있었다. 여드름으로 덮인 얼굴에 죄책감과 미안한 감정이 가득한 것이 안쓰럽게 느껴져서 우진이 먼저 말을 걸었다.

"병수야."

"네, 감독님!"

"네 탓이 아냐. 그러니까 자책하지도 말고, 미안해하지도 마."

"하지만 제가 주장인데……."

병수는 끝내 울음을 터뜨리며 뒷말을 삼켰다. 유니폼 소매로 눈가를 연신 훔치고 있는 병수가 하려 했던 말이 무엇인가는 짐작이 갔다.

내가 주장인데 아이들을 제대로 통솔하지 못해서 이런 사단이 생겼다. 그래서 죄송하다는 말일 것이었다.

그러나 이건 진짜 병수의 탓이 아니었다. 전적으로 감독인 자신이 선수들을 제대로 이끌지 못한 탓이었다.

"미안하다."

"감독님."

"다른 애들한테도 미안하지만 특히 너한테 미안하다. 네 실력이라면 대학에 진학할 수도 있었을 텐데. 그래서 이번 대회에 참가해서 좋은 성적을 거두는 것이 꼭 필요했는데."

"……."

"결국 참가도 못 해보고 우리의 야구는 끝나는구나."

"감독님!"

오열까지 하며 더욱 서럽게 울기 시작한 병수의 어깨를 가볍게 두드려 주며 우진은 하늘을 올려다보았다. 원망스러우리만치 하늘은 맑고 파랬다.

소리를 지르며 울고 싶은 것을 억지로 참으며 우진이 생각에 잠겼다.

'대체 어디서부터 잘못된 걸까?'

상황이 이렇게 되고 나니 마음에 걸리는 것이 한두 가지가 아니었다.

그러나 그 이유들을 곰곰이 생각해 볼 여유도 없었다. 이미 사단이 벌어진 마당이니 뒷수습을 하는 것이 우선이었다.

'끝났군!'

우진이 씁쓸하게 웃었다.

야구가 좋았다. 밥보다 더 야구가 좋았다. 그래서 야구에 미쳐서 살아왔고, 그러다 보니 여기까지 굴러왔다.

하지만 이제 직감적으로 깨달을 수 있었다. 야구와의 연이 완전히 끊어졌다는 사실을. 다시는 그렇게 좋아하는 야구에만 미쳐서 살아갈 수 없다는 사실을.

우진이 다시 시계를 살폈다.

11시 40분

이제는 정말 늦어버렸다. 지금 바로 출발한다고 해도 경기 시작 전에 경기장에 도착하기는 불가능했다. 그러나 우진은 정문을 향해 있는 시선을 끝까지 떼지 못하고 하염없이 바라보았다.

그게 부질없는 미련이라는 것을 누구보다 잘 알았지만 그 한 가닥 미련까지 놓아버릴 수는 없었기 때문이었다.

*　　　　*　　　　*

"우진 씨!"

애들을 원망할 것 없어.

"노우진 씨!"

내가 잘못했던 거니까.

"야, 노우진!"

과거의 기억 끄트머리를 미련스럽게 붙잡고 한없이 이어지던 상념에서 깨어난 것은 조일출 부장이 신경질적인 목소리로 소리를 지르고 나서였다.

"네, 부장님!"

황급히 대답하며 고개를 들자, 짜증이 잔뜩 묻어 있는 조일출 부장의 얼굴이 보였다.

찌그러진 양은 냄비를 닮은 심술이 덕지덕지 묻어나는 두툼한 볼살을 푸들푸들 떨고 있는 조일출 부장의 얼굴은 시뻘겋게 달아올라 있었다.

"대체 무슨 생각을 하느라고 상사가 부르는 것도 몰라? 그딴 식으로 일하고 월급 받아 챙기면 회사에 미안하지 않아?"

"죄송합니다."

"정신을 어디다 팔고 일하고 있는 건지."

한 번 시작되면 같은 패턴으로 이어지는 잔소리가 끝이 없었기 때문에 조일출 부장에게는 '녹음기'라는 별명이 붙어 있었다.

우진도 최소한 삼십 분 이상 그 잔소리에 시달릴 계산을 마치고 단단히 각오했지만, 의외로 조일출 부장의 잔소리는 짧게 끝났다.

"뭐해? 얼른 가야지."

"네?"

"네라고? 지금 어디 가야 하는지도 몰라? 오늘 삼산 물류의 화물 자동차 계약 관련 브리핑 있잖아."

"아, 알고 있습니다."

변명의 여지가 없었다. 벌써 몇 달 전부터 조일출 부장이 이번 계약에 군침을 흘리고 있었다는 사실을 알고 있었으면 서도, 딴 생각을 하느라 오늘이 그 디데이라는 사실을 까맣게 잊고 있었으니까.

"내가 지시했던 계약 서류는 다 준비했어?"

"서류요?"

당황한 탓에 조일출 부장이 지시했던 것이 무엇인지조차 떠오르지 않았다. 그래서 허둥대고 있을 때, 조일출 부장이 참지 못하고 소리를 질렀다.

"요즘 똑똑한 애들이 지천으로 널렸는데 왜 할 줄 아는 건 야구밖에 없는 돌대가리를 신입으로 뽑은 거야? 진짜 짜증나 서 일 못 해 먹겠네."

머릿속이 새하얗게 변한 채 허둥대고 있을 때, 최민우 과장 이 한쪽 눈을 찡긋하며 다가왔다.

"부장님!"

"왜?"

"우진 씨가 계약 서류 다 챙겨서 저한테 건네줬습니다. 지금 바로 출발하시면 됩니다."

"확실해?"

"서두르시죠. 이러다가 브리핑에 늦습니다."

아직 뭔가 할 말이 남은 듯 씩씩대던 조일출 부장은 브리핑에 늦을지도 모른다는 얘기를 듣자 한껏 서두르기 시작했다.

덩달아 마음이 급해진 우진이 뒤로 따라붙을 때, 최민우 과장이 어깨를 툭 건드리며 귓속말을 건넸다.

"오늘 브리핑 중요한 거 알지? 브리핑 때문에 초조해서 히스테리 부리는 거니까 너무 신경 쓰지 마."

"네, 알겠습니다. 그리고 제 실수인데요, 뭘."

조일출 부장과 최민우 과장과 함께 브리핑에 참석했지만, 결과는 나빴다. 삼산 물류 측 담당자는 화물 자동차 계약자로 경쟁 업체인 중앙 자동차를 낙점했다.

심사 결과가 발표나자마자, 조일출 부장의 얼굴은 핏기를 찾기 힘들 정도로 창백하게 질려 있었다. 그리고 분풀이를 할 곳을 찾아 헤매던 조일출 부장은 마침 근처에 있었던 우진을 택했다.

"이게 다 너 때문이잖아."

"부장님, 말씀이 지나치십니다. 이게 왜 우진 씨 때문입니까?"

최민우 과장이 만류해 봤지만, 흥분한 조일출 부장을 혼자서 막아내기에는 역부족이었다.

"저 새끼 때문에 우리와 일부러 계약을 맺지 않은 거야. 담당자가 저 새끼를 아는 눈치더라고."

"그게 무슨 억지입니까? 입찰액이 중앙 자동차보다 더 높아서 떨어졌다는 거, 부장님도 아시지 않습니까?"

"아니야. 담당자랑 잠깐 얘기하는데 그러더군. 저 새끼가 야구할 때, 다른 팀하고 할 때는 더럽게 못했는데 이상하게 삼산 치타스하고 경기할 때만 날아다녔다고. 이번 계약 담당자가 당시에 삼산 치타스 프론트에서 일했었다고 했으니 더 할 말 없지 뭐."

"부장님, 그건 농담 삼아……."

"소싯적에 야구 좀 했다고 하니까 혹시 얼굴 알아보는 놈들한테 차 몇 대 더 팔아먹으려고 회사에서 뽑았나 본데. 난 저새끼, 처음 들어올 때부터 맘에 안 들었다고."

우진은 앞만 보고 운전했다.

대꾸할 말을 찾지 못한 건 아니었지만, 괜히 지금 입을 열었다가는 잔소리가 더 길어질 것임을 알고 있었기 때문에 입을 꾹 다문 것이었다.

도로라도 시원하게 뚫려주었으면 좋으련만.

마치 거대한 주차장처럼 바뀌어 버린 도로 한가운데에 멈춰 선 차 안에서 운전대를 잡고 있던 우진은 처음으로 야구를 했던 것을 후회했다.

$$* \qquad * \qquad *$$

"자, 한 잔 받아."

최민우 과장이 소주병을 들어 올렸다.

술잔을 내밀어 잔을 받은 우진이 단숨에 들이켜고 내려놓자, 최민우 과장이 기회를 놓치지 않고 위로를 시작했다.

"잊어버려. 조 부장 성질 더러운 거 알잖아."

"뭐, 틀린 말도 아닌데요."

"괜히 자책할 거 없어. 조 부장도 초조해서 그래. 이번 계약 놓치면서 올해 실적이 형편없어졌으니까. 어쩌면 해고당할지도 몰라."

"선배님은요?"

"응?"

"선배님은 괜찮으세요?"

예상치 못했던 질문이었던 탓일까? 허를 찔린 표정을 짓고 있던 최민우 과장이 쓰게 웃으며 대답했다.

"나도 좋지는 않지만 뭐 어쩌겠어? 상사를 잘못 만난 것도, 그리고 그 상사를 잘못 모신 것도 내 잘못인데 감수해야지."

"그게 다가 아니죠."

"응?"

"못난 후배 만나서 허물 덮어주느라 더 고생하시잖아요."

"하하, 듣고 보니 그러네."

사람 좋아 보이는 너털웃음을 터뜨리는 최 과장을 바라보던 우진이 곱창을 집어먹으며 물었다.

"왜 이렇게 저한테 잘해주세요?"

목구멍이 포도청이라 한성 자동차에 영업직으로 입사를 하긴 했지만, 한 번도 해본 적 없는 일이라 실적은 늘 부진했다.

그리고 머릿속이 야구로 가득 차 있는 터라 서류 작업을 할 때도 실수가 잦았었다. 그렇지만 최민우 과장은 우진이 실수를 할 때마다 혼을 내기는커녕 언제나 감싸주며 오히려 용기를 북돋아주었다.

"진짜 이유를 알려줄까?"

"네."

"내가 동성애자거든."

"……?"

"너 맘에 든다."

무척 느끼한 표정을 지은 채 최민우 과장이 농담을 던졌지만, 영 재미가 없었다. 최민우 과장은 다 좋았지만 유머 감각이 별로 없었다.

결혼해서 벌써 애가 둘인 양반이 갑자기 커밍아웃이라니. 이건 막장 드라마에서도 나오지 않을 전개가 아닌가?

그래도 상사의 농담이라 억지로 웃어주고 있자니, 최민우 과장이 소주를 한 잔 더 마시고 다시 입을 뗐다.

"내 밑으로 들어온 사람이니까."

이 말을 듣는 순간, 최민우 과장의 진심이 느껴졌다. 그래서 휑하게 비어버린 것 같던 가슴이 순간 따뜻해졌다.

"우진아."

"네."

"힘들지?"

"조금요."

"힘든 것 알아. 그래도 내가 그만두기 전까지는 절대로 회사 그만둘 생각하지 마."

단단히 엄포를 놓고서 곱창을 집는 최민우 과장으로 인해 얼마 전부터 안주머니에 넣어두었던 사표를 내밀 기회는 놓치고 말았다.

그리고 소주병을 들어 막 빈 잔을 채웠을 때였다.

"노우진 씨, 맞습니까?"

검정색 양복을 입은 남자가 기척도 없이 탁자 앞으로 다가와 있었다. 고개를 들어 남자의 얼굴을 살폈지만, 기억 속에 남아 있지 않은 얼굴이었다.

그래서 의아한 시선을 던지고 있자, 남자가 용건을 꺼냈다.

"제가 모시는 분께서 한번 만나고 싶어 하십니다."

"저를요?"

"네."

"왜요?"

"그 이유까지는 저도 모릅니다."

마치 로봇처럼 딱딱하게 용건만 꺼내놓는 남자를 살피던 최민우 과장이 어느새 곁으로 다가와 귓속말을 건넸다.

"너 사채 썼냐?"

"아니요."

"확실해?"

"네."

"그럼 혹시……?"

"혹시 뭐요?"

"출생의 비밀, 그런 거 아냐?"

노골적으로 흥미를 드러내며 이런저런 추측을 꺼내놓고 있는 최민우 과장을 바라보던 우진이 한숨을 내쉬었다.

이런 얼토당토않은 추측을 꺼내놓다니.

형수님이 드라마광이라고 하더니 최민우 과장도 곁에 나란히 앉아서 막장 드라마를 너무 많이 본 게 틀림없었다.

"절 만나고 싶어 한다는 사람이 누굽니까?"

"제가 모시는 분의 성함은 강균성입니다."

"강균성?"

우진이 두 눈을 가늘게 뜨고 기억을 더듬었다. 강균성이라는 이름을 어디선가 들어본 기억이 났기 때문이었다.

그리고 우진이 들어본 이름이라면 야구계와 어떤 식으로든 관련이 있을 터였다.

"혹시… 한성 비글스의 구단주가 아닙니까?"

한참 만에야 기억을 떠올리는데 성공한 우진이 묻자, 검정 양복을 입은 남자가 고개를 끄덕였다.

"대체 왜 날 만나려는 거지?"

머리에 쥐가 날 정도로 고민을 해봤지만, 한성 비글스의 구단주인 강균성이 대체 왜 자신을 만나려고 하는지 짐작조차 가지 않았다.

"일단 만나 봐. 혹시 배다른 형제일지도 모르잖아."

최민우 과장의 추리는 가볍게 무시했지만, 충고는 무겁게 받아들였다. 그래서 우진은 퇴근을 하자마자 야구장으로 달려갔다.

어제 곱창집에서 만났던 검정 양복 남자 덕분에 우진은 표를 구입하지 않고도 당당히 야구장으로 입성했다. 그리고 머리털 나고 처음 들어가 본 구단주 관람석에서 강균성을 만났다.

"내 옆에 앉게. 같이 경기를 보면서 얘기하지."

얼떨결에 강균성의 옆자리에 앉고 난 후, 얼마 지나지 않아 희미한 꽃 내음이 코끝에 풍겼다.

깜짝 놀라서 고개를 들자 회사에서는 한 번도 본 적이 없는 엄청난 미인이 새까만 눈동자를 빛내며 내려다보고 있었다.

"누구……?"

"아, 내 비서인 강지영이라고 하네. 차는 뭘로 할 텐가?"

"아무 거나 주십시오."

강지영은 차를 준비하러 떠나는 대신, 우진의 앞으로 뭔가를 내밀었다. 엉겁결에 받아들고 나니, 종이와 펜이었다.

"혹시… 이걸 마시라는 건가요?"

"마실 수 있어요?"

"그건 힘들 것 같은데."

"바보."

갑자기 바보라는 말을 듣고 나자, 가뜩이나 긴장하고 있던 머릿속이 하얗게 변했다.

그리고 어떤 식으로 반응해야 할지 갈피를 잡지 못하고 있을 때, 그녀가 다시 입을 열었다.

"사인해 달라는 거예요."

"사인요?"

"야구는 참 잘했었는데 말귀는 참 못 알아들으시네."

"그게⋯⋯."

"안 해줄 거예요?"

"해드릴게요."

이게 얼마 만에 하는 사인이지 기억도 나지 않았다. 그래서 펜을 잡은 손이 가늘게 떨릴 지경이었다.

종이 위에 펜을 선뜻 가져가지 못하고 머뭇거리고 있자, 강균성이 웃으며 한마디를 거들었다.

"내 비서가 자네 팬이었더라고. 덕분에 자네에 대해 좀 더 많은 걸 알 수 있었지. 뭐하나? 성격이 급한 아가씨야. 계속 그렇게 머뭇거리고 있다가는 차도 못 얻어 마실 걸."

이름을 대충 휘갈겨 적고 나서 강지영에게 건넸다.

사인을 받은 그녀가 처음으로 새초롬히 웃었다. 가뜩이나 예뻤는데 살짝 웃기까지 하니 더욱 예뻤다.

그런 그녀의 옆 얼굴을 몰래 훔쳐보다가 하필 시선이 딱 마주쳤다.

"밥 한번 사요."

"네?"

"오랜만에 사인하게 만들어줬잖아요."

'혹시 이건 데이트 신청인가?'

연애와는 아예 담을 쌓고 살아온 삶이었다.

그래서 말뜻을 제대로 파악하지 못하고 얼굴만 붉히고 있을 때, 강균성이 구세주처럼 나서주었다.

"농담인 줄 알았는데 정말 자네 팬이었는가 보군. 아직 결혼 안 했던데 한번 잘해보게. 내 비서라서 이렇게 말하는 게 아니라 진짜 괜찮은 아가씨거든. 나도 무척 탐을 냈는데 아쉽게도 우린 동성동본이라서 이루어질 수 없는 사이였어. 비련의 주인공들이지."

"사장님."

"왜?"

"사장님은 제 스타일 아니거든요."

비서들은 다 이런 건가?

강균성의 눈치를 보지 않고, 똑 부러지게 자기 의견을 개진하는 그녀를 넋이 나간 채 보고 있자니, 제대로 한 대 얻어맞고 나서 껄껄 웃던 강균성이 다시 입을 열었다.

"보아하니 내 비서 때문에 경기를 제대로 관람하기 힘들겠는데."

"아닙니다."

"하긴 우리 팀의 경기가 재미없기는 하지. 이제 겨우 3회인
데 벌써 6 대 0으로 끌려가고 있잖아. 자네가 보긴 어때? 경기
를 뒤집을 수 있을까?"

6점은 꽤 큰 점수 차였다. 그러나 아직 경기가 초반이라는
것을 감안하면 경기를 뒤집는 게 불가능한 점수 차는 아니었
다.

다만 문제는 지고 있는 팀이 바로 한성 비글스라는 점이었
다.

우진이 정신을 차리고 집중해서 그라운드를 바라보았다. 한
성 비글스의 선발투수인 김전우는 난타를 당하고 있었지만
그다지 화가 난 기색이 아니었다.

안타를 얻어맞고 나서도 실실 쪼개고 있는 얼굴에서 승부
욕이라고는 찾아볼 수 없었다. 그리고 야수들도 마찬가지였
다. 파이팅은 사라지고 무기력하기 그지없었다.

이미 패배에 익숙해진 야수들이 머릿속에 무슨 생각을 하
고 있는지 빤히 보였다. 자기 앞으로 공이 굴러오지 않기만을
바라고 있을 터였다.

"못 뒤집습니다."

"그런가? 하지만 아직 초반이잖아."

"야구는 정신력이니까요."

"정신력이라. 자네가 보기에 우리 팀의 가장 큰 문제가 뭔가?"

우진이 쉽게 입을 열지 못하고 머뭇거렸다.

한성 비글스라는 팀의 문제를 찾지 못해서가 아니었다. 오히려 문제가 너무 많아서 어디서부터 어떻게 이야기를 시작해야 할지 갈피를 잡기 힘들어서였다.

"어려워 말고 편하게 얘기해 보게."

기탄없이 말해보라는 강균성의 얘기를 듣고 나서야, 우진이 조심스럽게 입을 뗐다.

"세대교체에 실패했습니다. 노장 선수들은 제대로 몸이 만들어지지 않아서 뛰지 못하고, 젊은 선수들은 경험이 부족합니다. 게다가 동기부여도 제대로 되어 있지 않습니다. 저도 상관없다. 그런 마음으로 그라운드에 나가 있으니 경기가 잘 풀릴 리가 없습니다."

"세대교체 실패라. 연봉만 많이 받아먹고 팀에 도움이 안 되는 나이든 선수들 몇을 정리해서 내보내면 될까? 그리고 동기부여가 필요하다면 돈을 좀 풀까? 그러니까 예를 들면 승리수당 같은 거 말이지."

"효과를 낼 수 있는 단기 대책은 될 겁니다."

"그럼 누굴 자를까? 자네가 몇 명 골라보게."

우진이 그라운드로 향해 있던 시선을 떼고 강균성을 바라보았다.

"아까도 말씀드렸지만 단기 대책일 뿐입니다. 노장 선수들을 정리한다고 해도 얼마 지나지 않아 팀은 원래대로 돌아올 겁니다."

"그럼 어떻게 해야 하나?"

만년 꼴찌를 도맡고 있는 한성 비글스의 구단주인 강균성의 표정에서는 절박함이 묻어났다. 덕분에 그가 진심이라는 사실을 깨달을 수 있었다.

"딱 한 명만 정리한다면 누굴 정리할 텐가?"

우진도 진지한 시선으로 그라운드를 바라보았다. 그리고 오래 고민할 것도 없었다. 이 질문에 대한 답은 너무 당연했다.

딱.

삼산 치타스의 4번 타자가 받아친 공이 커다란 포물선을 그리며 날아갔다. 하얀색 공의 궤적이 펜스를 훌쩍 넘기는 것을 확인하고서 우진이 확신에 찬 목소리로 대답했다.

"감독입니다."

*　　　*　　　*

비좁은 원룸의 침대 위에 걸터앉아 TV를 보고 있던 우진이 두 눈을 연신 깜박였다.

스포츠 뉴스를 전해주는 앵커가 차분한 목소리로 한성 비글스의 감독이 성적 부진으로 인해 시즌 중에 경질됐다고 알려주고 있었다.

"설마 내가 했던 말 때문인가?"

팀이 연패에 빠져 괴로워하고 있는 환갑이 넘은 노감독의 표정이 담긴 사진을 바라보고 있자니, 우진의 마음이 절로 무거워졌다.

확신에 찬 목소리로 말하긴 했지만, 강균성이 그 말을 정말로 실천으로 옮길지는 몰랐다.

갈증이 치밀었다.

냉장고에서 생수병 하나를 꺼내서 들고 온 우진이 단숨에 절반쯤 비우고 나서, 서랍을 열었다. 서랍 속에는 그날 강균성에서 받은 두 개의 봉투가 들어 있었다.

첫 번째 봉투를 열자 두 장의 수표가 들어 있었다. 100만 원 권 수표 두 장. 수표가 든 봉투를 건네며 강균성은 말했었다.

"부담가질 것 없네. 그냥 자문료라고 생각하게. 정 마음에 걸리면 내 비서에게 맛있는 거라도 사주고."

같이 경기를 보고 몇 마디 나눈 게 전부인데 무려 200만 원이라는 거금을 선뜻 건네다니. 단순히 자문료라고 생각하기에는 너무 많은 돈이었다.

그러나 우진을 진짜 놀라게 한 것은 나머지 하나의 봉투에 들어 있던 계약서였다.

〈한성 비글스 감독 계약서〉

처음엔 잘못 본 게 아닐까 두 눈을 의심했다. 그리고 덜컥 겁이 나서 재빨리 봉투 안으로 다시 밀어 넣어 버렸었다.

하지만 잘못 본 것이 아니었다. 그 후로 팔을 꼬집어 가며 몇 번씩이나 봉투 안의 계약서를 확인해 봤지만 감독직을 제의하는 계약서가 맞았다.

생수통에 반쯤 남은 물을 마신 후 계약서를 다시 찬찬히 살펴보았다.

지금껏 상상해 본 적도 없는 거액의 감독 계약금과 연봉을 확인하고 나니, 이번에는 의심이 생겼다.

현재 프로야구계에는 명장들이 많았다.

갖가지 이유로 당장은 현직에서 물러나 있지만, 언제든지 한성 비글스라는 팀을 맡아서 잘 이끌어 갈 능력이 있는 명장들이 수두룩했다.

그런데 강균성은 그런 명장들 가운데 한 명을 선택하지 않고, 왜 하필 자신에게 이런 제안을 한 걸까?

'사기? 아니면, 장난?'

가장 먼저 떠오른 것은 두 가지였다.

하지만 사기일 가능성은 별로 없었다. 우진은 가진 것이 아무것도 없는 반면, 강균성은 가진 것이 너무 많았으니까.

그리고 장난도 아니었다. 한성 비글스를 살릴 수 있는 방법에 대해서 질문하던 강균성의 표정은 무척 진지했으니까.

'혹시 바지 사장 같은 게 필요한 걸까?'

우진이 다시 생수병을 들어 올렸다.

프론트 야구라는 용어가 존재했다. 그라운드에서 땀을 흘리는 감독과 코치에게 전권을 주지 않고, 단장을 위시한 프론트가 팀의 운영에 적극적으로 개입하는 것을 뜻하는 말이었다.

프론트 야구에는 장단점이 모두 존재했지만, 선수들과 코치들을 이끌고 있는 감독 입장에서는 프론트의 개입이 불편할 수밖에 없었다. 하나의 산에 두 마리의 호랑이는 존재할 수 없으니까.

실제로 감독은 프론트의 간섭을 불편해하는 경우가 많았고, 그래서 불화가 생기기 일쑤였다.

그리고 그것은 야구계에서 오랫동안 명성을 쌓아온 명장일수록 더욱 그랬다.

"구단주가 직접 야구팀의 운영에 뛰어들어서 감 놔라 배 놔라 할 생각일지도 모르겠군."

지금으로서 가장 가능성이 높은 것은 강균성이 프론트 야구를 하기 위해서 현재 한성 비글스를 맡고 있는 감독을 해고하고, 끈 떨어진 연이나 마찬가지 신세인 우진을 감독 자리에 앉혀놓으려는 건지도 모른다는 생각이 들었다.

하지만 어디까지나 추측이었다.

진짜 그의 속내는 알 수 없었고, 단지 감독 자리에 허수아비로 앉혀놓기에는 그가 제시한 계약금과 연봉이 너무 많았다.

그래서 머릿속만 자꾸 복잡해졌다.

"일단 잊어버리자고."

우진이 계약서를 다시 봉투에 넣어서 서랍 속에 밀어 넣었다.

그리고 불과 삼십 분 앞으로 다가온 경기를 준비하기 위해 마음을 진정시키려 애썼다.

게임볼 프로리그에서 현재 1위를 달리고 있는 대승 원더스와 비록 현재 2위지만 선두를 턱밑까지 추적한 한성 비글스의 경기가 지금부터 삼십 분 후에 열릴 예정이었다.

대승 원더스와 한성 비글스의 격차는 불과 반 게임.

이번 맞대결에서 한성 비글스가 승리한다면, 시즌 중에 처음으로 선두를 탈환할 수도 있는 아주 중요한 경기였다.

이미 시즌이 막바지로 접어든 만큼, 시즌 전체의 판도를 뒤바꿀 수 있는 경기라고 해도 과언이 아니었다.

"이길 수 있을까?"

이번 시즌이 시작되기 전에 특급 FA들을 대거 영입한 대승원더스는 강했다. 그러나 요기 베라가 말하지 않았던가?

야구는 끝날 때까지 끝난 게 아니라고. 아직 시합을 붙어보기도 전에 지레 겁을 먹고 포기하는 것만큼 멍청한 짓은 없었다.

"자, 집중하자고."

누군가는 말했다. 아무리 게임볼이 정교하게 만들어졌다고 해도 결국 게임일 뿐이지 않느냐고.

그러나 게임볼은 우진에게 단순한 게임이 아니었다.

그토록 좋아하던 야구와의 인연이 완전히 끊어질 뻔한 것을 다시 기적적으로 이어준 매개체나 다름없었다.

그리고 유망주를 발굴하고, 미완의 대기라 할 수 있던 선수들의 능력치를 끌어올려서 좋은 팀으로 묶어낸 게임볼 속의 한성 비글스라는 팀에 대한 우진의 애정은 각별했다.

"우승 상금은 내 몫이지."

경기 십 분 전, 우진이 게임볼에 접속했다.

이번 경기의 중요성을 잘 알고 있기 때문일까?

인터넷 방송과 앱을 통해서 중계되고 있는 경기를 관람하기 위해 접속한 사람들의 수는 무려 오십만 명이었다.

그리고 마침내 경기가 시작된 순간, 동시 접속자 수는 무려 이백만 명에 육박했다.

Chapter 3

게임볼 전용 캡슐 안으로 몸을 구겨넣은 우진이 특수 헤드셋을 착용하며 명령어를 내뱉었다.

"접속!"

[신원 확인을 시작하겠습니다.]

명령어가 끝나기 무섭게 한 올의 감정도 실리지 않은 여성의 무미건조한 목소리가 흘러나왔다. 초록색 불빛이 우진의 두 눈을 스캔하듯 훑고 지나갔다.

[신원 확인 완료. 프로리그 한성 비글스 팀의 노우진 감독님, 매치 넘버 13만 1,111번째 시합에 정상적으로 참가하셨습니다.]

[상대 팀은 대승 원더스이고 게임이 시작되고 나면 게임을 도중에 멈출 수 없습니다. 6회를 마치고 시스템 점검과 경기장 정리가 있을 때 5분간의 휴식이 가능하며, 그 후에는 승부가 결정 나기 전까지 휴식 시간은 없습니다. 동의하십니까?]

"동의!"

게임볼에 접속할 때마다 수백 번씩이나 들었던 유의 사항이었다. 그래서 한 귀로 듣고 한 귀로 흘리고 있던 우진의 눈앞이 갑자기 새하얗게 변했다.

그리고 잠시 뒤 우진의 콧속으로 비릿한 흙냄새가 파고들었다.

어지러움이 가시자마자 등을 압박하는 딱딱한 의자의 감촉이 전해지는 것을 느끼며 우진이 고개를 들었다.

실제 그라운드에 들어온 것처럼 느껴질 정도로 게임볼의 CG는 거의 완벽했다.

관중들의 내지르고 있는 함성은 바로 지척에서 들렸고, 흙냄새와 잔디 냄새는 물론이고 선수들이 흘리는 퀴퀴한 땀 냄

새까지 여과 없이 콧속으로 파고들었다.

"시작이군!"

이 경기를 보기 위해 이백만 명에 가까운 사람이 몰려들었다는 사실이 우진을 긴장케 만들었다. 자신이 내리는 오더와 작전을 수많은 사람들이 바라보며 분석한다는 사실을 알고 나자 부담이 되지 않을 수 없었다.

그러나 우진은 애써 태연한 기색으로 선수들을 더그아웃 앞으로 불러 모았다.

팀을 이끄는 리더인 감독이 긴장하는 기색을 보이면 선수들도 동요하게 마련. 가뜩이나 중요한 경기를 앞두고 긴장하고 있는 선수들을 더욱 긴장하게 만들어서는 안 됐다.

적당한 긴장은 파인플레이를 만들지만, 지나친 긴장은 몸을 굳게 만들어 실책을 유발하게 만드는 법이었으니까.

"자, 다들 긴장할 것 없어. 평소에 하던 대로 하면 돼. 오늘 경기라고 해서 특별할 건 없어. 우리가 시즌 중에 치르는 수많은 경기 중 한 경기일 뿐이니까."

"감독님!"

"말해!"

"감독님이 제일 긴장하신 것 같은데요."

평소 성격이 낙천적이고 자유분방한 3루수 겸 6번 타자인 신중길의 말이 끝나자 선수들이 와아 웃음을 터뜨렸다.

그제야 우진도 살얼음이 낀 것처럼 굳어져 있던 얼굴을 조금 풀고 같이 웃었다. 신중길이 던진 농담으로 인해서 선수들의 긴장은 어느 정도 풀린 듯 보였다.

"솔직히 말하면 긴장돼."

"역시 내 눈이 틀리지 않았다니까."

"이번 경기가 특별해서 긴장하는 게 아냐. 상대가 바로 대승 원더스이기 때문에 긴장하는 거야. 그만큼 강한 상대니까."

"……."

"……."

이제부터 그라운드에 나가서 상대해야 할 대승 원더스 팀에 대한 이야기를 꺼내자, 선수들이 입을 꾹 다문 채 두 눈을 빛내기 시작했다.

적당한 긴장감으로 물들어 있는 선수들과 시선을 일일이 부딪치면서 우진이 힘주어 덧붙였다.

"하지만 우리도 강하다. 우린 그동안 어느 누구보다 열심히 훈련했고, 우리가 흘린 굵은 땀방울은 절대 배신하지 않는 법이다. 그 땀방울의 가치를 이번 경기에서 증명해 보자고."

"네!"

"이 경기에서 우리가 이길 거라고 생각하는 사람은 아무도 없어. 어때? 자존심이 상하지 않아? 너희도 같은 프로 선수잖아. 우리가 질 거라고 생각하는 사람들이 잘못됐다는 것을 보여줘."

"네!"

"자, 이제 다들 나가. 저놈들의 높은 콧대를 꺾어버려."

짝짝짝.

박수를 쳐서 격려하며 선수들을 그라운드로 내보냈다. 적당한 긴장감에 동기까지 부여된 선수들의 상태는 최적이라고 해도 과언이 아니었다.

그들을 향해 믿음직한 시선을 던지던 우진이 오늘 경기의 선발투수인 마틴 바티스터에게 다가갔다.

"바티스터, 오늘 컨디션 어때?"

"죽이지."

"그런 말은 대체 어디서 배웠어?"

"이태원에서."

"이태원?"

"감독. 나한테 잔소리하지 마. 춤만 추지 술은 안 마시니까."

이젠 반쯤은 한국인이 다 된 바티스터가 한쪽 눈을 찡긋하며 덧붙였다.

"어서 공을 던지고 싶어서 죽을 지경이야. 나 이제 나가도 돼?"

이번 경기의 중요성을 알고 있었던 우진은 바티스터를 이번 경기에 선발로 내보내기 위해서 그의 로테이션을 한 번 걸렀다. 바티스터가 공을 던지고 싶어서 안달이 난 것은 어쩌면 당연했다.

"바티스터, 오늘 맞붙는 대승 원더스의 선발투수가 누군지 알아?"

"당연히 알지. 맨티스잖아."

"메이저리그에서 30승을 넘게 올린 특급 투수야."

"흥, 그래서 내가 질 거란 얘기야?"

"그럴 리가. 바티스터는 내가 알고 있는 최고의 투수야."

"흥, 잔소리가 심하긴 해도 보는 눈은 있군. 이래서 내가 감독을 싫어할 수가 없다니까."

"나 말고 다른 사람들한테도 보여줘. 바티스터가 한때 메이저리그를 호령하던 맨티스보다 더 나은 투수라는 것을."

"오케이, 걱정 붙들어 매고 기다리삼."

한국인보다 더 한국인 같은 현란하기 그지없는 바티스터의 한국말을 듣고서 우진이 혀를 내둘렀다. 그리고 마운드를 향해 천천히 걸어 나가는 그의 등을 바라보았다.

메이저리그에서는 단 1승도 거두지 못했고 마이너리그 생활이 대부분이었던 바티스터였다.

시속 150㎞가 넘는 불같은 강속구를 언제든지 던질 수 있는 투수임에도 불구하고 그가 메이저리그에서 성공하지 못한 이유는 딱 하나였다.

제구력!

열 개의 공을 던졌을 때 자신이 마음먹은 곳으로 던질 수 있는 것은 단 두세 개에 불과할 정도로 바티스터의 제구력은 형편없었다.

그래서 국내 프로구단 어느 곳에서도 바티스터의 영입에 관심이 없었지만, 우진은 그가 가진 강속구에 주목했다. 그리고 바티스터의 약점인 제구력을 향상시킬 자신이 있었기에 우진은 그를 헐값에 영입했고, 그 계산은 정확히 들어맞았다.

한성 비글스에 합류한 바티스터의 제구력은 놀랄 만큼 향상됐고, 지금은 열 개 가운데 여덟 개 정도는 자신이 마음먹은 곳에 던질 수 있을 정도였다.

덕분에 그는 올해만 무려 15승을 거두었고, 백혁민과 함께 한성 비글스의 선발진을 책임지고 있었다.

플레이볼!

심판의 경기 시작을 알리는 선언을 들으며 우진이 더그아웃의 감독석에 걸터앉았다.

그리고 바티스터가 와인드업을 마치고 초구를 던지는 것을 차분히 바라보았다.

파앙.

시속 153㎞의 강속구가 타자의 몸 쪽으로 파고들며 심판의 손이 허공으로 올라갔다. 단순히 빠르기만 한 공이 아니었다.

프로 7년 차, 노련하고 선구안이 좋기로 소문난 상대 팀의 선두 타자가 움찔 놀라서 타석에서 물러날 정도로 위력적인 공이었다.

2구는 몸 쪽 공에 헛스윙, 몸 쪽 공에 대처하기 위해서 신경이 곤두서 있던 대승 원더스의 선두 타자는 3구째로 들어온 바깥쪽 꽉 찬 직구에 방망이도 내밀어보지 못하고 멀뚱히 바라보다가 루킹 삼진을 당했다.

2번 타자는 초구에 방망이를 어설프게 휘둘렀다가 빗맞아 포수 파울플라이로 아웃.

최근 타격감이 절정에 이른 3번 타자가 바티스터의 커브를 노려 쳐서 3루수와 유격수 사이로 빠져나가는 안타성 타구를 만들어냈다.

그러나 유격수인 장기형의 반응은 기가 막힐 정도로 빨랐다. 빨랫줄처럼 뻗어나가는 타구를 향해 거침없이 몸을 날렸고 글러브 속으로 공을 밀어 넣었다.

라인드라이브 아웃으로 공수 교대.

흙먼지가 묻은 유니폼을 툭툭 털고 들어오는 장기형에게 엄지를 추켜세운 바티스터가 더그아웃으로 걸어 들어왔다. 한

쪽 눈을 찡긋거리는 바티스터를 향해 우진도 엄지손가락을
추켜세웠다.

0 : 0

6회까지 0의 행진이 이어졌다.

거액의 몸값에다가 뒷돈까지 주며 영입한 외국인 투수 맨
티스는 비싼 몸값만큼 제대로 활약을 해주고 있었다. 6회까
지 산발 2안타 2사사구의 거의 완벽에 가까운 피칭을 선보
였다.

한 이닝만 더 책임져 주고 이제 필승 계투조를 투입한다면
중간 계투진이 두텁지 못하고 마무리 투수가 불안한 한성 비
글스임을 감안하면 유리한 것은 대승 원더스였다.

그러나 캡슐을 열고 나오는 강균성의 표정은 밝지 않았
다.

"저 흑인 선수는 어디서 굴러먹던 물건이야?"

외국인 선수 중 최저 몸값을 받으며 한성 비글스에 영입된
바티스터는 최고 몸값을 자랑하는 맨티스와 비교해도 전혀
손색이 없었다.

6회까지 산발 4안타 1사사구.

안타를 좀 더 얻어맞긴 했지만, 강속구가 워낙 위력적인 탓
에 마운드 위에서 훨씬 더 압도적으로 느껴졌다.

"보스턴 레드삭스 산하 더블 A에서 뛰고 있는 선수입니다."

구단주 사무실에 호출당한 후 잔뜩 긴장하고 있던 윤제균이 서류를 재빨리 뒤적이며 대답했다.

"더블 A에서 뛰는 선수라고?"

"그렇습니다."

"기가 막히는군."

강균성이 한숨을 내쉬었다.

맨티스는 4년간 메이저리그에서 풀타임 선발로 뛰며 통산 30승이 넘는 승 수를 올린 외국인 선수였다.

그런데 메이저리그도, 트리플 A도 아니고, 고작 더블 A에서 뛰는 선수가 맨티스 못지않은 활약을 하고 있다는 사실을 알고 나자 어이가 없었다.

"왜 안 잡았소?"

"그게… 가능성이 없다고 판단했습니다."

"가능성이 없어? 저렇게 잘하는데?"

"지난번에도 말씀드렸지만… 게임과 현실은 다릅니다."

윤제균이 머뭇거리다가 변명을 꺼냈지만, 강균성은 미간을 찡그리며 대꾸했다.

"전에 경고했죠?"

"네?"

"한 번만 더 게임과 현실은 다르니 어쩌니 하는 말을 꺼내면 바로 잘라 버릴 거라고."

"죄… 죄송합니다."

"당장 접촉하시오."

"바로 연락하겠습니다."

"내년에 저 흑인 선수가 우리 한성 비글스에서 뛰지 못하면 진짜로 잘라 버릴 테니 알아서 해요."

"제가 책임지고 잡아오겠습니다."

의욕을 불태우고 있는 윤제균을 힐끗 살피던 강균성이 퍼뜩 떠오른 질문을 던졌다.

"참, 백혁민은 어떻게 됐어요?"

"네, 접촉했습니다."

"설마 다른 팀에 들어간 건 아니겠죠?"

"저희 팀에서 방출된 후 새로운 소속 팀을 찾지 못하고 전전하다가 군에 입대할 예정이었습니다."

"그래서요?"

"일단 만류했습니다."

"그건 잘했네. 몸 제대로 만들어놓으라고 전하세요. 몸을 얼마나 만들어뒀느냐에 따라서 몸값이 달라질 테니까."

"알겠습니다."

윤제균의 확답을 들은 후, 강균성이 다시 캡슐 안으로 기어

들어갔다. 선수 면면만 놓고 보자면 강균성이 감독으로 이끌고 있는 대승 원더스가 압승을 거두어야 옳았다.

그러나 7회가 시작되는 지금까지도 승부는 팽팽하게 이어지고 있었다. 그리고 강균성은 그 이유를 알고 있었다.

노우진.

게임볼에서 한성 비글스를 이끌고 있는 감독인 그의 역량이 이런 결과를 만들어내고 있는 것이었다.

그래서 강균성은 더욱 노우진이라는 인재가 탐이 났고, 공석인 한성 비글스의 감독 자리에 그를 앉히고 싶었다.

"자, 더 분발해 보라고."

더그아웃에 마련된 감독석에 앉은 강균성의 입가로 희미한 웃음이 번졌다.

한성 비글스의 7회 말 공격.

따악.

경쾌한 소리는 아니었지만 9번 타자가 친 타구는 코스가 좋았다.

투수인 맨티스의 곁을 스쳐 지나가 2루 베이스를 향해 타구가 데굴데굴 굴러갔고, 타구의 방향을 확인한 타자는 전력질주를 시작했다. 그러나 포수인 9번 타자의 발이 너무 느렸다.

프로리그 최고의 유격수인 김상순은 어느새 2루 베이스 뒤에 도착해 있었고, 무난하게 아웃을 시킬 것처럼 보였다.

그러나 그 순간, 누구도 예상치 못한 일이 벌어졌다. 데굴데굴 굴러간 공이 2루 베이스에 맞고 전혀 엉뚱한 방향으로 튀어버린 것이었다.

아무리 김상순의 수비와 반사 신경이 좋다고 해도 절대 처리할 수 없는 공이었다.

"주자 교체!"

1사 1루, 마침내 기회가 찾아왔음을 직감한 우진이 과감하게 승부수를 던졌다.

서서히 지친 기색을 드러내고 있는 맨티스를 지금 공략하지 못하면 더 이상 기회가 없을 거라는 판단이 들었기에 팀의 주전 포수를 과감하게 뺀 것이었다.

공필상이 대주자로 1루에 들어간 후, 리드를 폭넓게 하기 시작했다. 원체 발이 빠른 선수인 만큼, 맨티스도 연거푸 두 개의 견제구를 던져 공필상의 리드폭을 줄이기 위해 애썼다.

"도루는 없다."

공필상은 자신의 빠른 발을 입증하고 싶어 안달이 난 것처럼 보였지만, 우진은 단독 도루를 지시하지 않았다.

성공하면 그보다 좋을 수 없지만, 만약 실패할 경우에는 행운과 함께 찾아온 좋은 기회를 허공에 날려 버리는 셈이었다. 단독 도루를 시키기에는 위험부담이 너무 컸다.

지금 공필상이 할 일은 가뜩이나 지친 맨티스의 신경을 더욱 곤두서게 만드는 것이었다. 그리고 공필상은 그 역할을 충실히 이행했다.

주자에 신경을 쓰느라 집중력이 흐트러진 맨티스가 퀵모션으로 던진 두 개의 공은 모두 볼로 판정이 났다.

"이제 기회가 왔다."

투 볼 노 스트라이크로 볼카운트가 몰린 맨티스가 여기서 유인구를 던지기에는 위험 부담이 너무 컸다.

스트라이크를 잡기 위해서 오늘 가장 제구가 좋은 슬라이더를 던질 가능성이 높다는 것을 직감한 우진이 바로 런 앤 히트, 즉 치고 달리기 사인을 냈다.

"달려!"

공을 던지기 위해 맨티스가 퀵모션으로 와인드업을 하는 순간, 공필상이 스타트를 끊었다.

슈악. 공필상의 움직임을 눈으로 좇던 맨티스가 제대로 공에 힘을 싣지 못한 채 투구를 했다. 밋밋한 슬라이더는 한가운데로 들어왔고, 1번 타자인 고동선은 놓치지 않고 받아쳤다.

따악.

경쾌한 소리와 함께 뻗어나간 타구는 1루수의 키를 살짝 넘기고 페어지역에 떨어졌다. 우익수가 전력 질주해서 펜스 앞까지 굴러간 공을 잡았을 때, 발 빠른 공필상은 이미 3루 베이스를 밟고 홈 베이스를 향해 쇄도하고 있었다.

'됐다!'

승부가 종반으로 접어든 시점에 이 한 점의 의미는 아주 컸다. 대승 원더스의 감독이 누구인지는 모르겠지만, 구위가 떨어진 맨티스에 대한 미련 때문에 투수 교체 타이밍을 한 박자 놓친 것이 결과적으로 도움이 된 셈이었다.

투수 코치가 마운드로 올라와서 글러브를 바닥에 내팽개치며 불만을 드러내는 맨티스를 한 박자 늦게 교체했다.

1사 2루. 안타 하나면 한 점을 더 낼 수 있는 좋은 기회였다.

그러나 맨티스에 이어 마운드에 올라온 작년도 홀드왕 안치만은 실점을 전혀 두려워하지 않고 씩씩하게 자기 공을 뿌렸다.

내야 플라이와 삼진으로 기회가 무산됐지만, 우진은 전혀 동요하지 않았다. 안치만이 마운드에 올라왔을 때, 더 이상 점수를 내기 힘들 거라는 계산을 마친 후였기 때문이었다.

이제부터는 어렵사리 얻은 이 한 점의 리드를 지키는 것이 중요했다.

8회 초, 마운드는 여전히 바티스터가 지켰다. 선두 타자인 대승 원더스의 3번 타자 채태수를 맞아 초구를 직구로 선택했다.

파앙.

어느덧 8회에 접어들었고, 투구 수도 100개에 근접했지만 바티스터가 던지는 공의 구속은 전혀 줄어들지 않았다. 오히려 1회보다 더욱 힘이 솟아나는 것처럼 보였다.

그러나 바티스터의 피칭을 지켜보던 우진의 낯빛은 어둡게 변했다.

따악.

바티스터가 던진 2구째 몸 쪽 직구를 채태수가 받아쳤다. 채태수가 배트를 휘두르는 것이 늦어서 밀려서 맞은 공이었지만, 오히려 공의 위력에 배트가 밀린 것이 행운으로 작용했다.

타구는 뻗지 못하고 좌익수와 유격수, 3루수의 한가운데 어느 누구도 잡지 못하는 지점에 뚝 떨어졌다.

무사 1루 상황에 타석에는 4번 타자인 최원우가 들어섰다. 붕붕 소리가 더그아웃까지 들릴 정도로 배트를 힘껏 휘두른 후 타석으로 들어서는 최원우를 살피던 우진이 결국 마운드로 올라갔다.

"감독, 왜 나왔어? 나 못 믿어?"

글러브 속에 공을 숨긴 채 바티스터가 콧김을 씩씩 내뿜었다. 그런 그를 바라보는 대신, 포수를 바라보며 물었다.

"공 어때?"

"좋습니다."

"진짜야?"

"손이 아플 정도입니다."

자신 있는 포수의 대답을 들으며 우진이 희미하게 고개를 끄덕였다. 더그아웃에서 지켜봤을 때도 바티스터의 구위에는 문제가 없었다.

비록 채태수에게 안타를 맞았지만, 말 그대로 텍사스 안타일 뿐이었다. 조급한 마음에 너무 빨리 마운드에 올라온 건지도 모르겠다는 생각이 들었지만, 이상하리만치 불안한 예감은 사라지지 않고 괴롭혔다.

"바티스터. 진짜 자신 있어?"

"걱정 붙들어 매고 잠이나 자라니까."

"상대는 올해 홈런을 스무 개 넘게 친 4번 타자야."

"삼진으로 돌려세우지."

"만약 삼진으로 잡으면 교체해 줄게."

"무슨 소리야? 9회까지 내가 책임질 거야."

의욕을 불태우고 있는 바티스터의 어깨를 두드려 주고 다시 더그아웃으로 돌아왔다. 그리고 당겨 치는데 능한 최원우의 타법을 의식해서 수비 위치 시프트를 펼치고 그라운드로 시선을 던졌다.

이제 우진이 할 수 있는 일은 없었다. 마운드에 서 있는 바티스타를, 그리고 각자의 수비 위치에 서 있는 선수들을 믿어야 했다.

파앙.

초구는 바깥쪽 꽉 찬 스트라이크, 2구는 바깥쪽으로 흘러나가는 슬라이더에 최원우의 방망이가 맥없이 헛돌았다.

노 볼 투 스트라이크, 투수에게 압도적으로 유리한 볼카운트였다. 스트라이크 존으로 들어오다가 공 한두 개 정도 빠지는 유인구가 필요한 순간, 바티스터가 와인드업을 했다.

높게 제구된 공이 날아가다가 갑자기 뚝 떨어졌다. 차라리 그대로 포수의 미트로 빨려 들어갔으면 좋은 유인구였을 텐데, 낙차가 크게 떨어진 커브는 타자가 딱 치기 좋은 한가운데 높은 코스로 몰렸다.

명백한 실투.

그리고 최원우는 리그 선두를 달리고 있는 대승 원더스의 4번 타자답게 실투를 놓치지 않았다.

마치 기다렸다는 듯이 배트를 힘껏 돌렸고, 배트에 정확히 맞은 공은 허공으로 치솟았다. 까마득할 정도로 높이 솟은 공은 백스크린을 맞추고 나서야 바닥으로 떨어졌다.

2점 홈런을 친 최원우가 1루 베이스 코치와 하이파이브를 한 후, 천천히 2루와 3루 베이스를 거쳐 홈으로 들어왔다. 멍하니 그 모습을 바라보던 우진이 고개를 아래로 떨궜다.

　'아까 바꿨어야 했어!'

　정확히 이유를 알 수 없었던 불안감이 실체가 되어 돌아왔다. 우진은 자책하며 자신이 한 실수를 냉철하게 분석했다. 그리고 한참 만에야 자신의 실수가 무엇인지 알 수 있었다.

　'포수 때문이었어!'

　7회 초, 런 앤 히트 작전을 펼치기 위해서 1회부터 마스크를 쓰고 있던 주전 포수를 대주자로 바꿨다. 그리고 7회 말부터는 주전 포수가 아닌 백업 포수가 홈플레이트를 지켰었다.

　바뀐 백업 포수의 실력이 부족하거나 볼 배합에 문제가 있었던 것이 아니었다. 조금 전에 마운드에 올라갔던 우진이 질문을 던졌을 때, 바티스터의 구위가 최고라는 포수의 말을 순순히 믿었던 것이 실수였다.

　교체된 포수는 1회부터 바티스터의 볼을 본 것이 아니라 7회부터 봐온 상황이었다. 초반에 비해서 구위가 얼마나 떨어졌는지, 그리고 제구력이 얼마나 나빠졌는지 객관적으로 평가할 수 있는 입장이 아니었다. 이건 변명의 여지가 없는 우진의 실수였다.

단 한 번의 실수.

그 실수 한 번으로 경기의 분위기는 대승 원더스에게 넘어가 버렸다.

그리고 그것으로 승부는 결정 나버렸다.

한성 비글스의 선수들은 마지막까지 최선을 다했지만 철벽 불펜진이라 불리는 안치만과 오상현이 버티는 대승 원더스의 벽을 넘는데 결국 실패했다.

이번 패배로 인해 대승 원더스와의 승차는 1.5게임으로 벌어졌고, 우승과의 거리는 한층 멀어졌다.

"내가 이겼다!"

오상현이 던진 볼 끝이 묵직한 직구가 포수의 미트에 꽂히며 경기가 끝난 순간, 강균성이 어린아이처럼 양팔을 허공으로 들어 올리며 승리의 기쁨을 표출했다.

우승 경쟁을 벌이는데 있어서 가장 중요한 고비였던 이번 경기를 승리함으로써 우승이 목전에 다가왔기 때문이었다.

"봤지? 내가 이겼다니까."

아까부터 소파에 앉아서 다리를 요염하게 꼰 채 경기 동영상을 지켜보고 있던 비서 강지영에게 자랑했지만, 아쉽게도 함께 기뻐해 주지는 않았다.

시크하기 그지없는 표정으로 바라보며 한마디를 툭 내뱉었다.

"이기는 게 당연한 거 아닌가요?"

"응?"

"그 멤버로 못 이기면 바보죠."

딱히 틀린 말은 아니었다. 거액의 돈을 쏟아부어 특급 FA들을 영입하고 트레이드 시장에서 좋은 선수들을 데려온 지금의 대승 원더스 선수들은 대한민국 국가 대표 팀이라고 해도 과언이 아니었다.

"그래도 이기니까 기분이 좋은 건 어쩔 수 없군."

"참 치사하시네요."

"또 뭐가?"

"지난번에 노우진 씨를 만난 것도 다 작전이었죠?"

"작전이라니? 그게 무슨 말도 안 되는 소리야?"

강균성이 펄쩍 뛰며 부인했지만, 강지영은 의심의 눈길을 쉬이 거두지 않았다.

"봉투를 건네는 거 봤어요."

"그건 또 어떻게 봤대? 눈도 밝군."

"돈으로 매수한 거죠?"

"배 실장도 그렇고 강 비서도 그렇고 그동안 대체 날 어떻게 본 거야? 내가 돈으로 매수나 할 사람처럼 보여?"

"네."

"쩝. 말을 말아야지."

강균성이 입맛을 다시며 머리를 긁적였다.

어떤 상황에서도 입바른 말을 멈추지 않는 강지영의 성격에 대해 잘 알고 있었기 때문에 그냥 그러려니 하고 넘겼다.

"매수한 게 아니라 자문료를 준 거야. 그리고 하나는 계약서였어."

"계약서?"

"한성 비글스의 감독을 맡아달라는 계약서였지."

여기까진 예상하지 못했을까? 팔짱을 낀 채 노려보던 강지영이 새까만 눈동자를 빛내며 붉은 입술을 뗐다.

"역시 치사하시네요."

"또 뭐가?"

"시합 전에 일부러 상대 팀 감독의 마음을 흔들어놓았잖아요."

강지영의 지적은 날카로웠다. 그래서 강균성도 이번에는 부인하지 못했다.

이번 경기에서 노우진은 분명히 자주 범하지 않은 실수를 했고, 그 실수를 만들어낸 것에 자신이 건넨 계약서가 큰 역할을 했을 가능성이 높았다.

강균성이 차갑게 식어버린 찻물을 한 모금 마시며 희미하게 웃었다.

"맞아."

"이제 치사했다는 걸 인정하시는 건가요?"

"그만큼 절실하게 이기고 싶었어."

"그렇게 우승이 하고 싶었어요?"

"응."

"현실 불만족, 아니, 현실도피인가?"

"현실도피는 아냐. 오히려 그 반대지."

"……?"

"우승을 하고 싶어서 그 친구에게 악착같이 이긴 거야."

똑 부러질 정도로 영리한 강지영이었지만, 이번만큼은 말귀를 제대로 알아듣지 못 하고 두 눈을 깜박였다. 그래서 강균성이 간략한 설명을 덧붙였다.

"노우진이란 친구는 이번 경기의 패배로 게임볼의 우승권에서 멀어졌지. 즉, 1억이란 상금은 날아간 셈이지. 그럼 자연스레 게임볼에 대한 열정이 식지 않겠어? 내가 노린 것은 이거야. 게임볼에 대한 열정이 식어버리면 내가 제안한 감독 계약서를 들고 날 찾아오지 않을까?"

"내가 여태까지 사장님에 대해서 잘못 알고 있었네요. 사장님은 내가 생각했던 것보다 훨씬 더……."

"생각했던 것보다 뭐?"

"멍청하시네요."

"멍청하다고? 야, 그래도 난 구단주고 넌 비서야."

"그럼 자르시든가요."

"크흠!"

강균성이 헛기침을 했다. 강지영은 머리가 좋아서 일도 빈틈없이 잘했고, 눈치도 빨랐다. 비서로서의 능력만 놓고 보자면 만점이었지만, 저렇게 한 번씩 거침없이 말을 쏟아내는 것이 단점이었다.

하지만 강지영을 해고할 수는 없었다. 그럴 만한 사정이 있었기 때문이었다.

불쑥 치밀어 오르는 화를 애써 삭이며 강균성이 다시 물었다.

"대체 내가 왜 멍청하다는 거야?"

"더 쉬운 방법이 있으니까요."

"더 쉬운 방법? 그게 뭔데?"

강균성이 호기심을 드러내자, 강지영이 조금의 망설임도 없이 대답했다.

"미인계!"

—그만 하면 잘 싸웠다.

—2 : 1이면 엄청 선방. 콜드 게임으로 끝나도 이상하지 않을 선수들 면면의 차이였으니까.

—풀타임 메이저리거 맨티스의 위엄.

―결국 돈은 이길 수 없는 건가? 현실이나 게임이나 자본에 의해 잠식당해 버린 야구판.

―지금 꼴찌 하는 한성 비글스 선수들을 게임볼의 한성 비글스 팀 소속 선수들로 싹 바꾸는 게 나을 듯.

워낙 세간의 관심이 집중되었던 경기였던 터라, 게임볼의 홈페이지에는 수많은 댓글들이 올라왔었다.

그리고 한성 비글스가 한 점 차로 패배했음에도 불구하고, 실망한 댓글보다는 오히려 응원의 댓글들로 도배됐다. 하지만 우진은 그 댓글들을 읽으며 위안을 얻을 수 없었다.

선수들의 면면에서 이름값이 현저히 떨어지는 한성 비글스 팀이었지만, 어제 경기는 분명히 잡을 수 있는 경기였다.

선수들은 최선을 다해 싸웠고 기대 이상의 활약을 펼쳐주었었다. 다만 감독인 자신의 판단 실수로 인해서 이길 수 있는 경기를 내준 것이었다.

어제 경기가 끝나고 나서 분한 마음에 잠을 제대로 자지 못했던 탓에, 잔뜩 무거워진 우진의 눈꺼풀은 자꾸 아래로 내려왔다.

다행히 조일출 부장은 바쁜 듯 아침부터 자리를 계속 비우고 있었다.

긴장이 풀린 우진이 자신도 모르는 사이 깜박 졸았을 때,

날카로운 고성이 단잠을 깨웠다.

"지금 뭐하는 거야? 상사인 나한테 대드는 거야?"

"그게 아니라… 잘못된 것을 바로잡으려는 겁니다."

"잘못돼? 뭐가?"

"삼산 물류와의 계약이 성사되지 못한 이유가 왜 저희들 탓이라는 겁니까? 입찰액이 상대방에 비해서 높아서 밀린 거잖습니까?"

"그래, 맞아."

조일출 부장과 최민우 과장 사이에 오가는 고성이 조용하던 사무실을 뒤흔들고 있었다. 양손을 들어서 마른세수를 한 우진이 슬쩍 고개를 들어 살폈다.

조일출 부장은 뻔뻔한 표정을 지은 채 두툼한 볼살을 부들부들 떨고 있었고, 평소 성격이 차분한 최민우 과장의 낯빛도 잔뜩 상기되어 있었다.

'무슨 일이지?'

최민우 과장은 어지간한 일에는 화를 내는 법이 없었다. 그런 사람이 저렇게 흥분한 채 따지는 것을 보니, 뭔가 이상하다는 생각이 들었다.

그래서 귀를 기울이고 있자, 두 사람 사이의 대화가 다시 이어지기 시작했다.

"입찰액이 틀렸지."

"입찰액이 틀리다니요? 부장님께서 1,757만 3,000원으로 입찰액을 적으라고 말하셨고, 저흰 그대로 서류를 작성했습니다."

"내가 언제?"

"네?"

"난 그렇게 말한 적 없어. 난 입찰액으로 1,717만원을 적으라고 분명히 지시를 했었어."

"그럴 리가 없습니다."

"그럴 리가 없어? 그럼 뭐야? 내가 착각을 하고 있다는 건가? 지금 자기 실수를 덮기 위해서 상사를 치매 환자로 몰겠다는 거야?"

조일출 부장은 목에 핏대까지 세워가며 사무실이 떠나가라 소리를 질렀다. 마치 접촉 사고가 발생한 후에 제 발이 저린 가해자가 자신의 잘못을 덮기 위해 고성을 지르는 것과 비슷했다.

순진한 여성 운전자라면 당황하며 겁을 집어먹었겠지만, 최민우 과장도 오늘만큼은 화가 머리끝까지 치민 듯 물러서지 않았다.

"저는 그런 지시를 받은 적이 없습니다."

"그럼 누가 잘못했단 거야?"

"저는 부장님이 지시한 대로 입찰액 1,757만원을 적어 넣었습니다."

"직접 했어?"

"그건 아니지만……."

"그럼 누굴 시켰어?"

마침내 상황을 역전할 기회를 잡은 조일출 부장의 목소리에 실린 기세가 한껏 올라갔다. 난감한 기색을 감추지 못하고 있는 최민우 과장을 확인한 우진이 더 참지 못하고 일어섰다.

"제가 했습니다."

"오호라. 니가 했구만. 평소에 사고 자주 치는 걸로 유명하더니 이번에는 아주 대형 사고를 쳤네."

새로운 먹잇감을 발견한 조일출 부장이 매섭게 물어뜯기 시작했다. 물론 우진도 순순히 당할 생각은 없었나.

최민우 과장의 만류에도 불구하고 1,757만 3,000원으로 입찰액을 적어 넣으라고 강조하던 조일출 부장의 목소리가 생생히 기억에 남아 있었다.

"실수한 적 없습니다."

"뭐야?"

"부장님께서 1,757만 3,000원을 입찰액으로 적으라고 지시했기에 그렇게 했을 뿐입니다."

"이 새끼들이 뭔 소리를 하는 거야? 오호라, 둘이 짜고 날 물 먹이려는 심산인가 보구만. 내가 그렇게 순순히 당할 것 같아?"

적반하장으로 화를 벌컥 내던 조일출 부장이 인상을 잔뜩 쓴 채 최민우 과장을 노려보았다.

"최 과장!"

"네."

"야구밖에 할 줄 모르는 짐 덩어리가 실수할 때마다 감싸고 돌 때 알아봤어. 저 새끼랑 짜고 날 엿 먹이려는 속셈이었지?"

"그런 거 아닙니다."

"아니긴 뭘 아냐. 그런데 이번엔 뜻대로 안 될 거야. 저 새끼 가 실수해서 회사에 큰 손실을 입혔으니까 무조건 잘라. 알았어?"

"……."

"왜 대답이 없어? 안 그러면 최 과장이 나가든가!"

막무가내로 몰아붙이는 조일출 부장의 말을 더는 참고 듣기 힘들었다.

그래서 두 눈에 불을 켜고 달려들려고 했지만, 최민우 과장이 팔을 잡아끌었다.

"일단 나가자."

"왜요?"

"글쎄, 일단 나가자니까."

우진이 팔을 움켜쥐고 있는 최민우 과장의 손을 뿌리쳤을 때, 익숙한 꽃내음이 코끝으로 파고들었다. 그 향기로 인해 우진이 움찔했을 때, 익숙한 목소리가 귓가에 들려왔다.

"나가요."

놀란 우진이 고개를 돌리자, 거짓말처럼 강지영이 눈앞에 서 있었다.

눈이 부실 정도로 아름다운 그녀의 모습에 우진은 물론이고, 최민우 과장도 말문을 닫고 빤히 바라보기만 했다.

"저요?"

"네, 우진 씨요."

간신히 정신을 차린 우진이 묻자, 당연하다는 듯한 대답이 돌아왔다.

최민우 과장이 대체 누구냐고 눈짓으로 물었지만, 우진은 대답해 주는 대신 다시 그녀에게 질문을 던졌다.

"왜요?"

"전에 밥 사기로 했잖아요."

"농담 아니었어요?"

"농담 아닌데. 나 우진 씨한테 관심 있어요."

"아직 근무시간인데……."

당돌하리만치 적극적인 표현을 듣고서 당황한 우진이 더듬거리며 말했지만, 그녀는 우아하게 고개를 흔들며 벽에 걸린 시계를 가리켰다.

"퇴근 시간 지났어요."

그녀의 손끝을 따라 고개를 돌리자, 시계는 6시 5분을 가리키고 있었다.

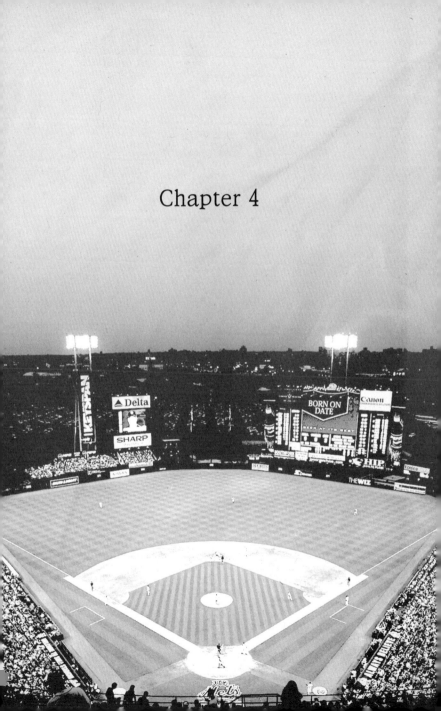

Chapter 4

　반쯤 정신이 나간 채로 회사 근처에 위치한 패밀리 레스토랑으로 끌려 들어갔다.

　대학생으로 보이는 여자 종업원이 메뉴판을 가져다주면서 친절하게 설명해 주었지만, 마치 아프리카 대륙 구석에 위치한 어느 나라에서 사용하는 외국어처럼 알아듣기 힘들었다.

　종업원의 긴 설명 가운데 스테이크, 수프, 디저트 같은 단편적인 단어들이 우진이 이해한 전부였다.

　"내가 알아서 시킬게요."

　그래서 우진이 난감한 표정을 짓고 있자, 강지영이 눈치 빠르게 나서서 종업원과 같이 외국어로 대화를 주고받았다.

말이 통하는 상대를 만나자 기쁜 표정으로 사라졌던 종업원이 빵이 가득 담긴 바구니를 내려놓고 간 후에야, 우진은 그녀가 빵을 시켰다는 것을 알 수 있었다.

"비싼 거 드셔도 되는데."

지난번에 강균성에게서 자문료 명목으로 200만 원이라는 거금을 받아둔 것이 있었다. 그래서 호기를 부리자 왠지 이유를 알지 못하지만 한심하다는 듯이 바라보던 그녀는 천천히 입술을 뗐다.

"비싼 거 시켰어요."

"이 빵이 그렇게 비싼 건가요? 그다지 맛있어 보이게 생기지 않았는데."

"……."

"어쨌든 많이 드세요."

우진이 빵을 하나 집어서 입속에 넣고 씹으며 권했지만 그녀는 빵에는 손도 대지 않았다.

대신 기가 막히다는 표정을 지은 채 어딘가 요염하게 느껴지는 시선을 던지며 말했다.

"여기 처음 왔죠?"

"처음이에요."

우진이 솔직하게 대답했다. 야구 선수로 활동을 할 때는 식욕이 왕성할 때라 외식을 할 때 주로 고깃집을 찾아다녔었다.

그리고 야구를 그만두고 난 후에는 남자들끼리 어울려 회사 인근의 식당을 주로 다녔었다. 게다가 여자 친구도 없었으니 이런 패밀리 레스토랑을 찾아올 일이 전혀 없었다.

"머릿속에 온통 야구밖에 없죠?"

"그런 셈이죠."

"판매 실적도 형편없죠?"

"그건 어떻게?"

"아까 신나게 깨지고 있었잖아요."

"아, 그건……."

사무실에서 조일출 부장이 핏대를 세운 채 고래고래 소리를 지르는 장면을 그녀가 본 모양이었다.

우진은 오해를 한 거라고 그녀에게 설명을 하려다가 귀찮아서 그만두었다. 대신 아까부터 궁금했던 것에 대한 질문을 던졌다.

"구단주님은 무슨 생각이신 거죠?"

"사장님 머릿속에 들어가 본 적이 없으니 알 수가 없네요."

"……."

"그래도 대충 짐작할 수는 있어요. 무척 단순하거든요."

저번에도 느꼈지만 평범한 비서는 아니었다. 드라마나 영화에서 봤던 비서들 중에 상사에 대해서 이런 식으로 당돌하게 얘기하는 사람은 없었으니까.

그래서 혀를 내두르고 있을 때, 그녀가 다시 붉은 입술을 뗐다.

"구체적으로 뭐가 궁금한 거죠?"

"얼마 전에 한성 비글스의 감독을 해고했어요. 만약, 그러니까 진짜 만약이지만 혹시 제가 충고한 것을 받아들인 건 아니겠죠?"

"아마 맞을 거예요."

"정말요?"

"단순한 데다가 귀도 얇은 편이거든요."

설마 했는데.

그 설마가 들어맞은 순간, 우진은 아까까지 입안에 고소하게 퍼지던 빵 맛을 느낄 수 없었다.

자신이 무심코 던진 말 한마디로 인해서 한성 비글스의 감독이 교체됐다는 것이 어깨를 무겁게 만들었다. 그리고 강균성에게서 받은 감독 계약서에도 더욱 신경이 쓰였다.

"사실은 구단주님에게서 감독직을 제안받았어요."

"알고 있어요."

"왜 하필 저한테 그런 제안을 했는지 이유를 아세요?"

"마땅한 사람이 없었기 때문일 걸요. 사장님, 낙하산이라

야구계에 아는 사람이 별로 없거든요.”

“아무리 그렇다고 해도 프로야구 팀을 이끌어 나가는 감독 자리입니다. 그런 자리를 저한테 맡기신 이유가 있을 것 아닙니까?”

“적임자라고 생각했을 거예요.”

“적임자?”

“단순하고 귀도 얇고 낙하산이긴 하지만 사장님에게도 장점이 하나 있어요.”

“그 장점이 뭐죠?”

“사람을 보는 눈이 정확해요. 모르긴 몰라도 사장님이 우진 씨를 선택한 데는 다 이유가 있을 거예요”

강지영의 말을 종합해 보면, 강균성이 한성 비글스의 감독직을 제안한 것은 단순한 장난이 아니라는 뜻이었다.

우진이 두 눈을 연신 깜박였다.

쉽사리 믿기지 않는 상황!

프로야구팀의 감독은 외롭고 고독한 자리였다. 그러나 프로야구팀의 감독은 야구계에 몸담은 남자라면 꼭 한 번은 맡아 보고 싶어 하는 자리이기도 했다.

그런데 그런 감독 자리를 차지할 기회가 예고도 없이 별안간 찾아온 셈이었다.

우진의 말문이 막혔다. 그래서 입안에 넣어둔 빵을 씹으며 빤히 바라보자 그녀가 웃었다.

"아마 게임볼이 결정적인 역할을 했을 거예요."

전혀 예기치 못한 순간에 그녀에 입에서 게임볼이 튀어나왔고, 우진은 무심코 넘길 수 없었다.

"그게 무슨 뜻이예요?"

"사장님이 게임볼의 팬이거든요. 아니, 단순한 팬이 아니라 게임볼을 직접 하거든요."

"구단주님이 게임볼을 하신다고요?"

저번에 강균성을 만났을 때, 그는 게임볼에 관한 얘기는 일체 꺼내지 않았었다. 그래서 전혀 예상치 못했는데, 강지영에게서 이야기를 듣고서야 비로소 자신과 강균성 사이의 접점을 찾아낼 수 있었다.

"그냥 게임 유저가 아니라 무척 유명한 유저예요. 우진 씨도 알 걸요?"

"누군데요?"

"돈지랄!"

"돈지랄… 요?"

'돈지랄'이라는 아이디는 게임볼 유저들 사이에서 꽤나 유명한 편이었다.

게임볼도 수익을 목표로 하는 게임 회사에서 만든 게임인 만큼, 유저들이 실제 현금을 이용해서 게임 머니를 충전하고 그 게임 머니로 몸값이 비싼 선수들을 살 수 있게 만드는 것이 가능했다.

다만 게임 머니와 현금의 비율이 약 100 : 1이라는 특징이 존재했다. 즉 현금 백만 원을 충전하면 게임 머니 일억이 생기는 구조였다.

현재 FA에서 최고 몸값을 자랑하는 선수들을 잡기 위해서 몇십 억의 돈이 필요한 만큼, 게임볼에서 좋은 FA 선수를 영입하려면 현금으로 수천만 원이 필요한 상황이었다.

그래서 어느 누구도 선뜻 거액의 게임 머니를 충전하지 못하는 상황이었는데, 그 개념을 최초로 바꾼 것이 바로 '돈지랄'이라는 게임 유저였다.

거액의 현금으로 게임 머니를 충전해 FA로 나온 선수들을 싹쓸이 영입했고, 트레이드 시장에서도 큰손이라는 소문이 자자하게 났을 정도였다.

물론 게임볼은 엄격한 규칙이 있기 때문에 밸런스를 완전히 무너뜨릴 정도는 아니었다. 그렇지만 유망주를 키우고 훈련시키기보다 돈으로 이름난 선수들을 사 모으는 그에게 호감보다는 반감을 갖는 유저들이 더 많았다.

하지만 '돈지랄'이라는 아이디를 사용하는 유저는 그런 반응에 전혀 개의치 않고 선수들을 사 모았다.

그리고 우진은 '돈지랄'이라는 아이디를 사용하는 유저가 이끄는 팀이 어제 경기를 했던 대승 원더스라는 사실을 알고 있었다.

"구단주님이 대승 원더스 팀의 감독이었다니."

"더 놀라운 걸 알려줄까요?"

"뭔데요?"

"그렇게 돈지랄을 해서 최고의 팀을 만들었으면서도 우진 씨가 이끄는 한성 비글스를 무서워해요."

"저를요?"

"그래서 우진 씨를 진짜 한성 비글스 팀의 감독 자리에 앉히고 싶어서 안달이 난 걸 거예요."

탁자 위에 놓여진 냉수를 한 모금 들이켜고 나서야 비로소 정신이 좀 들었다. 그래서 우진이 차분한 목소리로 말했다.

"게임과 현실은 달라요."

"우진 씨와 똑같은 말을 한 사람이 있어요."

"누구요?"

"한성 비글스 팀의 스카우터. 그러다가 해고당할 뻔했죠."

"하지만……."

"정말 다르다고 생각해요?"

고양이를 닮은 새까만 눈동자를 빛내고 있는 그녀의 물음에 바로 답하지 못하고 우진이 머뭇거렸다.

'단순한 게임이었으면 내가 그리 열심히 했을까?'

우진이 스스로에게 반문했다. 지하철이나 버스로 이동할 때 시간을 때울 용도의 게임이었다면 그렇게 열심히 매달리지 않았을 것이었다. 게임볼은 분명히 게임이었지만, 게임을 넘어서는 무엇인가가 있었다.

유망주를 발굴하고, 선수를 키우고, 훈련을 시키고, 트레이드를 통해서 팀의 전력을 강화시키고, 선수들과 대화를 통해 멘탈을 강화시키는 등등의 세세하고 치밀한 과정은 진짜 야구 감독이 된 듯한 착각을 불러일으킬 정도였다. 그래서 야구에 목말라 있던 우진이 그렇게 몰두했던 것이었다.

"모르겠어요."

"뭘 모르겠다는 거예요?"

"내가 정말 잘할 수 있을지를 모르겠어요."

우진이 솔직한 속내를 털어놓았다. 예기치 못한 기회가 찾아왔지만, 막상 기회가 찾아오니 덜컥 겁이 나는 것이 사실이었다.

자꾸 목이 탔다. 그래서 애꿎은 냉수를 벌컥벌컥 들이켜고 있을 때, 강지영이 웃으면서 말했다.

"적어도 패밀리 레스토랑에서 주문을 하는 것보다는 좀 더 잘할 수 있을 거예요."

"그건……."

"우진 씨는 야구를 누구보다 좋아하는 사람이니까."

이번에는 그녀의 말이 옳았다. 어느 누구보다 야구를 좋아한다는 것만큼은 자신 있게 말할 수 있었다.

그러나 야구를 누구보다 좋아하는 것만으로 좋은 감독이 될 수 있을까?

그 질문의 답을 찾아내지 못하고 있을 때, 그녀가 갑자기 화제를 바꾸었다.

"보고 싶어요."

"네?"

확실히 강지영은 종잡을 수 없는 여자였다. 이런 타이밍에 갑자기 고백을 할 줄은 몰랐기에 우진이 당황한 표정을 짓고 있을 때, 그녀가 덧붙였다.

"한성 비글스가 우승하는 것을 보고 싶어요."

"아, 네."

착각이었다는 걸 깨닫고 나자, 왠지 모르게 아쉬운 마음이 깃들었다. 그래서 우진이 입맛을 다시고 있을 때, 그녀가 다시 말했다.

"보고 싶지 않으세요?"

"한성 비글스가 우승하는 건 저도 보고 싶어요. 원래부터 팬이었고, 비록 게임이긴 하지만 한성 비글스의 감독을 맡고 있으니까요."

"그게 아니라, 저를 자주 보고 싶지 않으세요?"

"네. 네?"

"한성 비글스의 감독을 맡으면 자주 볼 기회가 생길 거예요."

딱히 대답할 말을 찾지 못한 우진이 머리를 긁적이는 사이, 종업원이 다가왔다. 우진이 맛있게 먹고 있던 빵을 한쪽으로 치워 버린 종업원은 진짜 비싼 음식들로 탁자를 채우기 시작했다.

스테이크와 파스타 같은 비싼 음식들로 배를 채웠지만, 어떤 맛인지 제대로 기억은 나지 않았다.

극장의 커플석에 나란히 앉아서 로맨틱 코미디 장르의 영화를 보기도 했지만, 영화 내용은 물론이고 영화 제목조차도 머릿속에 전혀 남아 있지 않았다.

팝콘을 집어 먹기 위해 손을 뻗었다가 아주 짧은 순간 그녀와 손이 부딪힌 것과, 택시를 잡기 위해 걸어갈 때 그녀가 예고도 없이 팔짱을 낀 순간의 감촉만이 생생하게 기억났다.

꿈같이 달콤한 시간은 너무 빨리 흘러가 버렸다.

그래서 그녀에게 묻고 싶은 것이 많았지만, 다음 기회로 미룰 수밖에 없었다. 달콤한 시간은 너무 빨리 흘러갔고, 꿈에서 깨자 다시 지긋지긋한 현실이 기다리고 있었다.

"진짜 싫다!"

콩나물시루 같은 버스에 실려서 이리저리 흔들리다가 빠져 나와 다시 지옥철에 몸을 실은 우진이 중얼거렸다.

여태까지는 그럭저럭 참을 만하다고 여겼는데, 회사에 정나 미가 떨어진 탓인지 인내심이 한계에 다다르고 있었다. 그리 고 회사에 도착했을 때에는 이미 임계점을 넘어선 후였다.

"과장님!"

"우진 씨, 마침 도착했네. 옥상에서 잠깐 얘기 좀 하자."

최민우 과장의 손에 이끌려 옥상으로 올라갔다.

옥상에서 바라보는 도심의 풍경은 나름 일품이었지만, 표정 이 심각하게 굳어져 있던 최민우 과장과 우진의 눈에는 제대 로 들어오지도 않았다.

최민우 과장은 옥상에 도착하자마자 주머니에서 담뱃갑부 터 꺼냈다.

"담배 끊으셨던 거 아니었어요?"

"끊었었지. 근데 더러운 세상이 도와주질 않네."

최민우 과장이 담배를 입에 문 채 라이터로 불을 붙인 후 누가 머리에 권총을 갖다 댄 채 재촉이라도 하는 것처럼 연신 필터를 빨아 당겼다.

한마디 말도 없이 담배 한 대를 다 태운 최민우 과장은 또 하나의 담배를 꺼내 입에 물었다.

"우진 씨. 아니, 우진아."

"네."

"내가 책임지고 그만둘게. 넌 그냥 남아서 계속 회사 다녀라."

이 말을 꺼내기까지 얼마나 많은 고민을 하며 힘들어 했을까?

불과 하루 사이에 십 년은 늙어버린 것처럼 초췌한 최민우 과장의 얼굴을 바라보던 우진이 한숨을 내쉬었다.

"과장님!"

"그래."

"그만두면 뭐하시려구요?"

"어디 갈 데가 있겠지. 아직 젊은데 놀기야 하겠어?"

"형수님과 애들은요?"

"실업 급여 나오는 동안에 새 일자리 알아보면 돼. 넌 그런 것까지 걱정할 필요 없어."

"어떻게 걱정을 안 해요? 그냥 제가 그만둘게요. 과장님은 그냥 계속 이 회사 다니세요."

"그러지 마."

"그렇게 해요."

"내가 싫어서 그래."

"나도 싫어요. 내가 조 부장 한 번 들이받고 그만둘게요."

후우. 최민우 과장이 내뿜은 뿌연 담배 연기가 바람에 실려

어지러이 흩어졌다. 우진이 토해낸 한숨도 함께 바람에 실려 날아갔다.

'너무 착해서 독한 세상과 어울리지 않는 사람!'

최민우 과장이 왜 이런 선택을 내렸는지 모를 리 없었다. 부하 직원인 우진을 보호하기 위해서 스스로 총대를 메고서 사표를 내려는 것이었다.

물론 순순히 그 모습을 지켜보고 있을 생각은 없었지만, 자꾸 한숨이 나오는 것은 어쩔 수 없었다. 이번은 어떻게 넘어간다고 해도, 이 착한 사람이 이 독한 사회에서 얼마나 더 버틸 수 있을지 걱정이 됐기 때문이었다.

"과장님!"

"왜?"

"혹시 야구 좋아하세요?"

"야구? 갑자기 야구는 왜?"

"대답해 보세요."

"좋아하긴 하지. 내가 한성 비글스의 골수팬이었잖아. 넌 몰랐겠지만 그래서 이 회사에 입사한 거야."

"다행이네요."

"뭐가 다행이야? 그리고 뜬금없이 그건 왜 묻는 거야?"

"나하고 같이 야구해 보시지 않을래요?"

"야구를 하자고? 지금?"

반쯤 타 들어간 담배를 입에 물고 있던 최민우 과장이 황당한 표정을 지었지만, 우진은 농담을 건네고 있는 것이 아니었다.

"진심으로 묻는 거예요."

"지금 야구 선수로 뛰기에는 너무 나이가 많잖아. 게다가 난 운동신경도 없는 편이야."

"야구 선수로 뛰기에는 나이가 너무 많죠."

"그럼?"

"코치를 맡기에는 무리가 없죠."

"농담이지?"

"연봉은 오천 정도니까 지금보다 훨씬 나을 거예요."

"농담이 너무 과하잖아."

"농담 아니라니까요. 프로야구 구단 중 하나인 한성 비글스 팀의 코치를 맡으실 생각 없으세요?"

최민우 과장은 너무 당황한 탓에 손에 들고 있던 담배가 필터까지 타 들어가는 것도 몰랐다. 그리고 마침 그때, 전화가 울렸다.

"네, 부장님. 금방 내려가겠습니다."

최민우 과장이 전화를 끊자마자 재촉했다.

"일단 내려가자. 조 부장이 찾는다."

"나 말리지 마세요."

"뭐하려고?"

"아까 들이받고 그만둔다고 말씀드렸잖아요."

"쓸데없는 소리 말고 얼른 내려가기나 하자."

사무실로 들어서자마자 조일출 부장이 목에 핏대를 세우기 시작했다.

"근무시간인데 대체 어딜 싸돌아다니는 거야? 잘리고 싶어?"

"죄송합니다. 무슨 일로 찾으셨습니까?"

"몰라서 물어? 누군가는 책임을 져야 할 것 아냐? 결정했어?"

"그건 제가 책임을 지고……."

최민우 과장은 흙빛으로 변한 안색으로 아주머니에서 사표가 들어 있는 봉투를 꺼냈다.

벌벌 떨리고 있는 봉투를 든 손을 안타깝게 바라보던 우진이 만족스레 웃으며 봉투를 잡으려던 조일출 부장보다 더 빨리 손을 뻗어 봉투를 낚아채 그대로 찢어버렸다.

"우진 씨."

"지금 뭐하는 짓이야?"

조일출 부장의 얼굴에 잠시 머물렀던 웃음기가 흔적도 없이 사라졌다.

"너 이 새끼. 이제 막 나가자는 거야?"

"막 나가는 게 아니라 잘못된 걸 바로잡으려는 겁니다."

"왜? 잘리기 전에 발악이라도 해보려고?"

"못 할 거 없죠."

"뭐?"

"당신 인생 그딴 식으로 살지 마!"

조일출 부장을 노려보던 우진이 고개를 돌려 사무실을 둘러보았다. 분위기가 험악해진 탓에 사무실에 앉아 있던 직원들의 목은 자라처럼 움츠러들어 있었다.

기껏해야 인사를 나누는 것이 전부인 직원들은 몰래 훔쳐보다가 우진과 시선이 마주치자마자 못 볼 것을 본 사람처럼 황급히 피하기 급급했다.

그 반응들을 확인하고서 쓴웃음을 머금은 우진이 조일출 부장의 앞으로 성큼성큼 걸어갔다.

'멱살을 잡고 한 대 후려쳐 버릴까? 아니면, 머리로 턱을 들이받아 버릴까?'

분노로 뜨겁게 달아오른 가슴은 이미 임계점을 훌쩍 넘어섰다. 그리고 임계점을 넘어서자 오히려 차분해졌다.

우진이 성큼성큼 다가섰다.

기세에 눌려서 뒷걸음질을 치고 있는 조일출 부장을 바라보다 보니 화가 나기는커녕 오히려 한심하게 느껴졌다. 그래서 우진이 담담한 목소리로 말했다.

"당신 인생도 참 불쌍하다."

"너 미쳤어?"

"당신 같은 사람 때문에 미치기에는 내 인생이 너무 아까워."

"당장 나가. 짐 덩어리에 불과한 놈이 입만 살아가지고 나불대긴. 당장 내 회사에서 꺼지라고."

"그럴게. 그런데 그전에 한 가지만 하고."

"……."

"딱 한 대만 맞자."

우진이 주먹을 움켜쥐고 지체 없이 주먹을 날렸다. 두 눈을 부릅뜨고 있던 조일출 부장은 막상 주먹이 다가오자 겁을 먹고 두 눈을 질끈 감아버렸다.

휙. 우진의 주먹은 조일출 부장의 코앞에서 멈추었다. 아무런 고통이 느껴지지 않자 조일출 부장이 실눈을 뜨고 살필 때, 우진이 픽 웃었다.

"인생이 불쌍해서 봐줬다."

"뭐? 내가 아까 말했지. 당장 내 회사에서 꺼지라고! 경비 부르기 전에 얼른 꺼지지 못해?"

부하 직원들 앞에서 수치를 당해서일까?

아까보다 더욱 얼굴이 붉게 달아오른 조일출 부장이 우진의 멱살을 움켜쥔 채 소리칠 때였다.

"그 손 치워."

굵고 낮은 목소리가 사무실에 울려 퍼졌다.

낯익은 목소리였다.

그래서 천천히 고개를 돌리자 강균성이 사무실로 걸어 들어오는 모습이 보였다. 그런 그의 뒤로 반보쯤 뒤쳐진 채 걸어들어오던 강지영이 손가락을 들어 V자를 그리는 것도 보였다.

"넌 또 뭐야?"

조일출 부장이 잔뜩 인상을 쓴 채 강균성을 노려보며 소리쳤다.

"그 손 치우라고 분명히 말했어."

"니가 뭔데……."

"내 직원의 몸에 함부로 손대고 무사할 것 같아?"

강균성의 목소리는 나직했지만, 그 나직한 목소리에는 위압감이 서려 있었다.

그래서일까? 우진의 멱살을 잡고 있던 조일출 부장의 손에서 스르르 힘이 빠져나갔다.

"내 직원?"

"그래, 내 직원이지."

"당신이 대체 누군데……."

"사과부터 해."

"……?"

"상사의 멱살을 움켜쥐고 하극상을 벌였으면 사과를 해야할 것 아냐? 아니면, 이참에 회사를 그만두던가."

제대로 상황 파악이 안 된 탓에 석고상처럼 굳어져 있던 조일출 부장의 표정이 급변했다.

비록 능력은 모자랐지만, 그가 부장까지 오른 데는 눈치가 빠르다는 장점이 있었기 때문이었다.

"저기… 누구십니까?"

"나? 강균성이라고 하네."

"강균성?"

"한성 비글스의 구단주지."

비로소 강균성의 정체를 알게 된 조일출 부장의 낯빛이 밀랍 인형처럼 창백하게 질렸다.

한성 비글스의 구단주는 한성 그룹 계열사의 사장급 인사였다. 일개 부장인 자신이 감히 쳐다볼 수도 없는 위치에 있는 사람이었다. 그리고 그게 다가 아니었다.

한성 그룹을 이끌어가고 있는 강준호 회장의 둘째 아들이라는 사실이 조일출 부장을 더욱 혼비백산하게 만들었다.

만약 강균성이 마음만 먹는다면 조일출 부장의 목을 날려버리는 것은 일도 아니었다. 그래서 조일출 부장이 고개를 깊숙이 숙여 인사부터 했다.

"미리 알아보지 못해서 죄송……."

"자넨 누군가?"

"저는 조일출이라고 합니다."

"직책은?"

"한성 자동차 본사 영업 2팀 부장입니다."

"부장쯤 됐는데 내가 누군지도 못 알아봐?"

"죄송합니다."

"부장이라는 자가 사람 보는 눈이 이리 없으니 한성 자동차의 실적이 늘 그 모양이지."

"정말 죄송합니다."

조일출 부장이 땅에 머리가 닿을 만큼 깊이 고개를 숙여 사과하는 사이, 강균성은 우진을 바라보며 장난스럽게 한쪽 눈을 찡긋했다. 우진이 쓰게 웃을 때, 강균성이 다시 근엄한 표정으로 말했다.

"날 못 알아봤다고 하는 말이 아냐. 자넨 인재를 보는 눈이 없군."

"네? 그게 무슨 말씀이신지?"

"좀 전에 내 직원을 짐 덩어리라고 하지 않았나? 게다가 멱살까지 잡았지."

"그건… 저 친구가 실수를 해서……."

"경고하지."

"네?"

"함부로 말하지 말게. 이제부턴 자네 상사가 될 테니까."

"……?"

"자네가 짐 덩어리라고 무시한 저 친구가 이제부터 한성 비글스의 감독을 맡게 될 거거든."

프로야구팀인 한성 비글스의 구단주는 계열사의 사장급 직책이었다. 그리고 한성 비글스의 감독은 임원급 대우를 받는 직책이었다. 비록 계열사는 달랐지만 조일출 부장의 상사가 되는 것은 틀림없는 사실이었다.

간신히 말귀를 알아들은 조일출 부장은 당혹스러운 표정을 감추지 못했다. 그러나 그도 잠시, 비굴한 표정을 지은 채 우진을 향해 고개를 숙였다.

"앞으로 잘 부탁드립니다."

고개를 숙이며 부탁하는 조일출 부장의 모습을 바라보던 우진이 쓰게 웃으며 말했다.

"사과할 사람은 따로 있잖아요. 최 과장님, 아니, 앞으로 한성 비글스의 코치가 될 최민우 씨에게 사과하세요."

"코… 코치?"

"그래요."

조일출 부장이 깜짝 놀라며 최민우 과장을 바라보았다. 그러나 더 놀란 것은 최민우 과장이었다.

"진짜 농담이 아니었어?"

"농담 아니라고 그랬잖아요."

"하지만 너무 갑작스럽고 혼란스러워. 게다가… 난 야구 선수 출신도 아니고, 야구장에 몇 번 찾아가 본 게 다인데."

"선수 출신이 아니라서 코치직을 제안한 겁니다."

"우진 씨, 진심이구나."

"네, 앞으로 바빠지실 거예요. 그전에… 사과는 받으셔야죠."

우진이 웃으며 말하자, 최민우 과장이 난감한 표정을 지었다.

"굳이 그럴 필요까지야……."

"받을 건 받아야죠."

우진이 딱 잘라 말하며 눈치를 살피느라 여념이 없는 조일출 부장을 노려보았다.

마침 시선이 마주친 조일출 부장이 비굴하게 웃었지만, 우진은 같이 웃어주지 않고 정색했다.

"뭐하세요? 사과 안 하시고."

"그게 말이지… 보는 눈도 있고……."

"안 하실 겁니까?"

"안 할 건가?"

"합니다. 해요."

강균성의 눈치를 살피던 조일출 부장이 서둘러 대답한 후,

최민우 과장에게 고개를 숙이며 사과했다.

"미안하네."

그제야 만족한 듯 희미하게 웃고 있던 강균성이 입을 뗐다.

"스카웃 됐으니 잠깐 얘기 좀 하세."

"알겠습니다."

"자, 가지."

기왕지사 내친걸음이었다. 그래서 우진이 뒤로 따라붙을 때, 바삐 걸음을 옮기던 강균성이 도중에 발걸음을 멈추고 고개를 돌렸다.

"아까 조 부장이라고 했었나?"

"네? 네!"

"내가 지켜볼 거야."

허리를 숙이고 굽신거리는 조일출 부장을 일별한 강균성이 한쪽 눈을 찡긋하며 우진을 바라보았다. 금세 장난기 가득한 표정으로 바뀐 강균성을 확인하고 우진이 헛웃음을 터뜨릴 때였다.

"사장님!"

"왜? 반했어? 나 좀 멋있었지?"

"바보 같아요. 입 좀 다무세요."

강지영이 던진 말을 들은 강균성이 입을 굳게 다문 채 다시 걸음을 옮겼다.

                    *   *   *

　삼산 치타스와의 홈 2연전 첫 번째 경기가 펼쳐지는 구장은 한산했다.

　현재 10개 구단 중 7위와 10위에 이름을 올리고 있는 두 팀의 경기는 이미 시즌의 막바지로 향해 가고 있는 프로야구의 가을 야구 싸움에 아무런 영향도 끼치지 못 했다.

　경기 시작 10분 전이었지만 외야석은 텅 비어 있었고, 1루와 3루 측 관중석에 1,000명 남짓한 관객들이 옹기종기 모여 있는 게 다였다.

　"나라도 돈 내고 한성 비글스의 경기를 보러 찾아오지 않을 거야."

　구단주 관람석에 앉아서 커피를 홀짝거리던 강균성이 미간을 찌푸리며 불만을 털어놓았다. 우진이 그라운드를 향해 시선을 던진 채, 그의 말을 받았다.

　"구단주님의 목표가 무엇입니까?"

　"응?"

　"관중석이 꽉 차는 걸 원하시는 겁니까?"

　"아냐, 관중석이 꽉 차는 건 내가 아니라 재무팀장이 좋아하겠지. 내 목표는 따로 있어."

"뭡니까?"

"우승!"

단 1초의 망설임도 없이 강균성이 바로 대답했다. 우진이 그라운드를 향하고 있던 시선을 거두고 강균성을 살폈다.

우승이라는 대답을 꺼내는 강균성의 얼굴에서 장난기는 찾아볼 수 없었다. 그래서 우진도 신중한 목소리로 물었다.

"몇 년을 예상하십니까?"

"1년!"

"네?"

"내년에 우승하는 것이 내 목표야."

우승을 원하지 않는 구단주는 없으리라. 그렇지만 몇 년째 꼴찌를 도맡아 하고 있는 한성 비글스 팀을 내년에 우승시키는 것이 목표라는 말을 듣는 순간, 적잖이 당황하지 않을 수 없었다.

"그게 가능하다고 생각하십니까?"

"어렵겠지. 하지만 가능하다고 생각하네."

"왜입니까?"

"자네가 우리 팀 감독을 맡을 테니까."

우진이 혀를 내밀어 바싹 말라 버린 입술을 훑었다. 처음에는 농담이라고 여겼다.

그러나 강균성의 얼굴에는 여전히 장난기가 없었다. 그리고 지금 이 말을 던진 그의 목소리에는 단 한 치의 의심도 깃들어 있지 않았다.

누군가에게 이런 절대적인 신뢰를 받는 것은 이번이 처음이었다. 뱃속 깊숙한 곳이 뜨끈해졌지만, 부담이 생기는 것은 어쩔 수 없었다. 그래서 우진이 바싹 말라 버린 입술을 뗐다.

"구단주님에 대해서 강지영 씨가 한 말이 틀린 것 같습니다."

"뭐라고 하던가? 강 비서라면 좋은 말은 안 했을 것 같은데."

"단순하고 귀도 얇지만 사람을 보는 눈은 있다고 하더군요."

"그 정도 평가면 양호한 편이군. 그런데 뭐가 틀렸단 말인가?"

"사람 보는 눈도 없으신 것 같습니다."

"응?"

"내년에 한성 비글스가 우승하는 것을 목표로 하신다면서 감독으로 저를 택한 게 그 증거입니다."

"하하핫!"

강균성은 역정을 내는 대신 유쾌하게 웃음을 터뜨렸다. 그리고 다시 커피를 한 모금 마시고 있는 그를 바라보던 우진이 재차 입을 열었다.

"전 선수로서도, 감독으로서도 성공한 적이 없습니다."

우진이 솔직하게 털어놓았다. 잠시 망설이긴 했지만 이건 감출 부분이 아니라는 판단이 섰기 때문이었다.

"자네는 날 너무 띄엄띄엄 보는군. 그래도 내가 구단주를 맡고 있는 한성 비글스 팀을 맡기려고 하는데 감독 후보인 자네에 대해서 조사도 해보지 않았을 것 같은가? 고교 시절엔 특급 투수였지. 아마 청룡기 4강이 최고 성적이었지? 아무리 야구가 투수 놀음이라고 해도 워낙 팀이 약했으니까 그 정도 성적을 낸 것만 해도 대단한 거지. 연성대학교에 진학해서도 팀의 에이스 역할을 했었지."

강균성이 말을 이었다.

"자네의 전성기는 아마 그때였을 거야. 하지만 예기치 못한 어깨부상이 발목을 잡았지. 프로 팀에 입단했지만 그 어깨 부상 때문에 제대로 빛을 발하지 못했어. 1군에서 경기를 뛴 수가 손에 꼽을 정도였으니까. 그 후로 재기를 위해 몸부림치다가 소리 소문 없이 은퇴를 했고, 어느 날 갑자기 고등학교 팀 지도자로 변신했지. 하지만 그때도 운이 따르지 않았어. 자넨 실패한 지도자로 낙인찍혔고, 그래서 해고됐지."

짧다면 짧고, 길다면 길다고 할 수 있는 우진의 야구 인생이 강균성의 입에서 흘러나왔다. 지난 일들이 주마등처럼 떠올라서 입안이 지독히 썼다.

그래서 시원한 맥주를 한잔 마시고 싶다는 생각을 하고 있을 때, 강균성의 말이 이어졌다.

"거기서 끝났다면 나도 자네에게 한성 비글스 팀을 맡길 생각을 안 했을 거야. 하지만 자네의 야구 인생은 아직 끝난 게 아니었지. 게임볼, 난 거기서 다시 자네를 주목하기 시작했어."

돌고 돌아서 결국 다시 게임볼에 대한 이야기가 흘러나오는 것을 듣고서, 우진이 쓰게 웃었다.

야구와의 연이 끊어지지 않기 위한 매개체라는 생각에 필사적으로 매달렸던 게임볼이 그의 인생을 전혀 예상치 못했던 방향으로 바꿔놓은 셈이었다.

"우리 아버지에 대해 알고 있나?"

그래서 우진이 희미하게 웃고 있을 때, 강균성이 다시 질문을 던졌다.

"강준호 회장님 말씀이십니까?"

강균성의 아버지는 한성 그룹의 회장인 강준호였다. 우진은 TV 뉴스에서 간간이 그의 얼굴을 보았을 뿐이고, 강준호 회장에 대해서 아는 것은 딱 그 정도뿐이었다.

"죄송하지만 잘 모릅니다."

"죄송할 것 없어. 나도 잘 모르니까."

"......?"

"머릿속으로 무슨 생각을 하시는지 자식인 나도 알 수가 없단 뜻이네. 어쨌든 한 가지는 확실하네. 지독한 구두쇠지."

강균성이 갑자기 강준호 회장의 이야기를 꺼내는 의도를 알 수가 없었다. 그래서 우진이 가만히 듣고 있자, 그가 덧붙였다.

"투자 대비 효율을 아주 중요하게 생각하시는 편이지. 그래서 한성 비글스에 투자도 안 하면서 우승을 바라고 계시지. 한마디로 야구에 대해서 아무것도 모르면서 욕심만 많은 늙은이야."

"지금 그 말씀을 제게 하시는 이유가 뭡니까?"

"꼴찌를 도맡아 하고 있는 한성 비글스가 명문 팀으로 탈바꿈해서 우승을 하는데 걸리는 시간을 난 최소 오 년으로 잡고 있네. 물론 그냥 바뀔 순 없지. 과감한 투자를 하고, FA와 트레이드를 통해서 좋은 선수들을 꾸준히 영입하고, 명장이라고 불리는 감독을 모셔 와서 시간을 두고 팀의 체질부터 바꿔야겠지. 그런데 말이야. 그럴 시간이 없어."

"시간이 없다는 게 무슨 말씀이십니까?"

"구두쇠인 데다가 성격도 무척 급한 늙은이거든. 5년씩이나 기다릴 양반이 아니야. 아까도 얘기했지만 투자 대비 효율을 무척 중시하는 양반이기 때문에 만약 내년에 우승을 하지 못한다면 야구단을 팔아버리거나 해체해 버릴 걸."

"하지만……."

"꼭 그것 때문만은 아냐. 나도 이제 지는 건 지긋지긋해. 내년에는 우승을 하는 걸 바로 이 자리에서 보고 싶어."

강균성이 감추고 있던 야심을 드러내며 그라운드로 시선을 던졌다. 그사이 그라운드에서는 국민의례가 끝나고 경기가 막 시작되려 하고 있었다.

느릿느릿 걸어서 각자의 수비 위치로 들어가고 있는 한성 비글스 선수들을 바라보던 강균성이 언성을 높였다.

"그라운드에 나서는 선수들에게서 패기도 의욕도 찾아볼 수 없어. 경기에서 져도 상관없다는 거지. 그러면서도 내 돈은 조금이라도 더 받아가려고 하는 아주 한심한 놈들이야."

"그게 아닐 겁니다."

"그럼?"

"경기를 이기는 방법을 모를 뿐입니다."

우진의 반박을 들은 강균성의 입가에 희미한 미소가 걸렸다.

"그럼 자네가 가르쳐 주게."

"뭘 말입니까?"

"경기에서 이기는 법!"

강균성이 의미심장하게 웃으며 계약서를 내밀었다.

"난 자네가 감독직을 맡아줄 거라 확신하네."

"왜 그렇게 생각하십니까?"

"강 비서가 그러더군. 미인계가 먹혔다고."

우진이 다시 쓰게 웃었다. 강지영에게 호감을 갖고 있었지만, 그렇다고 해서 아직 감독을 맡기로 결정을 한 것은 아니었다.

그런 속내를 알아챈 걸까? 강균성이 덧붙였다.

"그리고 자네는 야구를 어느 누구보다 좋아하니까."

단지 야구를 좋아한다는 이유만으로 프로야구 팀의 감독을 맡을 수 있을까?

그건 불가능한 일이었다. 만약 그게 가능하다면 인터넷이라는 공간에 열을 올리며 감독의 입장에서 댓글을 다는 네티즌들이나, 매일 경기장을 찾아와 열성적으로 응원하는 팬들도 감독 자리에 오를 수 있을 테니까.

그러나 불가능하다고 생각했던 일이 지금 우진의 앞에 현실로 다가와 있었다.

그리고 불가능을 가능으로 바뀌게 만들어 준 계기는 바로 게임볼이었다.

'정말 맡아도 될까?'

게임과 현실은 달랐다. 이 말을 꺼내면 강균성이 역정을 낸다고 해도, 어쩔 수 없었다. 아무리 정교하게 만들어진 게임이라고 해도 현실과는 차이가 있었다.

그러나 게임을 통해서 우진이 여태껏 놓치고 지나갔던 많은 것들을 배운 것도 사실이었다. 그래서 자꾸 욕심이 생겼다.

게임볼을 시작한 것도, 게임볼에서 약체로 평가받던 한성 비글스 팀을 맡은 것도, 한성 비글스 팀의 구단주인 강균성이 게임볼의 유저라는 것도 단순한 우연은 아닌 것 같았다.

거짓말처럼 눈앞으로 다가온 기회를 날려 버리기에는 너무 아쉬웠다.

프로야구 감독!

우진이 꿈속에서나마 앉고 싶었던 자리였다.

"감독직을 맡겠습니다."

결국 우진은 마음을 정했다.

"자네가 맡아줄 거라 확신했네."

강균성은 기분이 좋은 듯 껄껄 웃었지만, 우진은 표정을 굳힌 채 할 말을 이어나갔다.

"단, 조건이 있습니다."

"조건?"

"이 조건이 받아들여지지 않는다면 저는 감독직을 맡을 수 없습니다."

"돈이 적은가? 계약금 1억에 연봉 1억 5,000이면 신인 감독

치고 그리 나쁘지 않은 조건인 것 같은데."

"제 능력이 비해서 계약금과 연봉은 과할 정도로 많습니다."

"그럼 무슨 조건인가?"

"전권을 주십시오."

"전권?"

"선수 영입, 트레이드, 코치 선임, 선수 방출까지. 전권을 보장해 주신다면 감독직을 맡겠습니다."

언제나 거침이 없었던 강균성이었지만 이번에 우진이 내건 조건을 듣고서는 당황하는 기색이 역력했다. 시원하게 대답하지 못하고 커피 잔을 매만지며 고민하던 강균성은 한참 만에야 입을 뗐다.

"신인 감독이 원하는 게 너무 많군."

"신인 감독이기 때문이죠."

강균성이 던지고 있는 강렬한 시선을 피하지 않은 채, 우진이 지지 않고 맞받아쳤다.

만약 우진이 한성 비글스의 감독 자리를 맡는다고 해서 선수들이나 코치들이 순순히 따를까?

그럴 가능성은 희박했다.

선수로서 성공한 것도 아니고, 지도자로서 커리어를 차곡차곡 쌓은 것도 아닌 우진이었다. 단지 게임볼이라는 야구 게

임을 잘한 이유로 감독이 된 우진을 믿고 따를 선수나 코치
는 드물었다.

선수나 코치들은 불만을 표출하고 항명을 할 가능성이 높
았다.

그리고 우진의 입김이 전혀 먹히지 않는 경우에는 감독 자
리에 앉은 허수아비가 될 뿐이었다. 그래서 우진에게는 전권
이 절실히 필요했다.

"자네에게 전권을 주면 구단주인 난 뭘 하란 말인가?"

"아무것도 안 하시면 됩니다."

"……?"

"가끔씩 구단주 관람석에 찾아와서 경기를 지켜보세요. 그
게 구단주님의 역할입니다."

강균성의 표정이 더욱 굳어졌다.

'화를 낼까? 아니면, 계약을 파기할까?'

어느 쪽이든 가능성은 충분했다. 그만큼 무리한 요구였으
니까. 그래서 우진이 단단히 각오를 하고 있을 때였다.

"그러지."

"네?"

"자네 말대로 전권을 주지. 그리고 난 가끔씩 구단주 관람
석에 앉아서 구경이나 하겠네."

강균성이 예상과 달리 너무 순순히 조건을 수용하는 바람

에 오히려 당혹스러웠다.

그래서 우진이 더듬거리며 물었다.

"정말… 이십니까?"

"그래. 속고만 살았나?"

"그렇지만……."

"단, 자네에게 전권을 주는 대신 나도 조건이 있네."

"무엇입니까?"

"우승! 내년에 한성 비글스가 우승하는 장면을 여기서 지켜보고 싶네."

받는 것이 있으면 주는 것도 있어야 공평한 법이었다. 우진은 군말 없이 고개를 끄덕였다.

"자, 그럼 얘기가 얼추 끝난 것 같으니 계약서에 사인하지."

"지금 바로 하는 겁니까?"

"그래야지. 자네 눈에는 감독이 없어서 어쩔 줄 모르고 당황하고 있는 우리 선수들의 모습이 보이지 않나?"

강균성이 미리 준비해 두었던 계약서를 앞으로 내밀었다.

다시 읽어보고 검토할 필요도 없었다. 이미 집에서 한 글자도 빼놓지 않고 수십 번씩이나 읽어보았기 때문이었다.

만년필을 잡은 우진의 손이 가늘게 떨렸다.

노우진

우진이 사인을 마치고 강균성이 내민 손을 맞잡고 흔들었다.

　우진이 공석으로 비어 있던 한성 비글스의 감독이 된 순간이었다.

Chapter 5

한성 비글스의 감독이 된 순간, 만감이 교차했다.

늘 꿈꾸었던 프로야구 감독 자리를 차지한 것이 너무 기쁜 한편, 막중한 책임감도 밀려들었다.

가슴속에 커다란 돌덩이가 들어앉은 것처럼 답답해서 밤새 거의 뜬눈으로 지새웠다.

날이 밝기도 전인 아침 6시에 일어나서 욕실로 향했다. 간단하게 씻고, 와이셔츠와 양복을 입고, 서류 가방을 든 채 버스 정류장까지 갔다가 더 이상 회사에 갈 필요가 없다는 사실을 뒤늦게 깨달았다.

좀비처럼 표정 없는 얼굴로 어슬렁거리며 다가가서 비좁은 버스 안에 몸을 구겨 넣는 생활과 안녕을 고하고 다시 집으로 돌아왔다.

출근하는 대신 침대 속으로 다시 들어가 한 시간 가량 늑장을 부리다가, 믹스 커피를 타서 간이 탁자 앞에 앉았다.

'앞으로 어떻게 팀을 이끌어야 하지?'

머릿속이 복잡했다. 워낙 순식간에 큰일이 벌어진 터라, 대체 뭐부터 해야 할지 갈피를 잡기 힘들었다.

그리고 우진에게는 느긋하게 생각할 시간도 주어지지 않았다. 8시가 되자마자 낯선 번호로 전화가 걸려왔다.

"여보세요?"

"10분 뒤에 집 앞으로 나오세요."

젊은 여자의 목소리가 수화기를 통해 들려왔다.

"누구세요?"

"내 미모에 넘어와서 독이 든 성배를 마셨잖아요?"

이른 아침부터 전화를 건 것은 바로 강지영이었다.

짤막하게 용건만 말하고서 강지영은 전화를 끊었다. 끊겨버린 휴대 전화를 손에 쥔 채 우진이 쓰게 웃었다.

"독이 든 성배라."

어쩌면 가장 적절한 표현일지도 모르겠다는 생각이 들었다. 만년 꼴찌를 도맡아 하고 있는 최악의 프로야구팀인 한성 비글스, 게다가 구단주는 내년에 우승을 목표로 하고 있는 팀의 감독 자리는 독이 든 성배라는 표현이 딱 어울렸다.

그러나 이미 후회하기는 늦었다. 독이 든 성배를 마셨으니, 마시고도 죽지 않을 수 있는 방법을 찾아봐야 했다.

영문도 모른 채 서둘러 옷을 챙겨 입고 비좁은 원룸을 빠져나오자, 검정색 세단이 집 앞에 주차된 채 기다리고 있었다.

그리고 검정색 세단의 뒷좌석에 앉아 있던 강지영이 우진을 반갑게 맞아주었다.

"그렇게 멍하니 서 있지 말고 얼른 타요. 시간 없으니까."

그녀가 재촉하는 바람에 우진이 엉겁결에 세단의 조수석에 올라탔을 때였다.

"내려요."

"왜요? 방금 전에 타라고 했잖아요?"

"뒤로 타요."

"네?"

"우진 씨가 감독이잖아요."

다시 내렸다가 뒷좌석에 올라타자 강지영이 새초롬히 웃었다.

"솔직히 말해봐요. 처음부터 내 옆에 앉고 싶었죠?"

"그렇다고 치죠. 그런데 아침부터 어딜 이렇게 급하게 가는 거예요?"

"기자회견장요."

"기자회견?"

"당연한 거 아니에요? 사회인 야구팀의 감독을 맡은 건 줄
알아요? 한성 비글스의 감독으로 취임을 했으니 기자회견을
해야죠."

딱히 틀린 말은 아니었다. 그렇지만 모든 게 너무 급박하게
진행되는 바람에 혼이 빠져나갈 지경이었다.

"아직 실감이 안 나나 보네요."

"하루도 지나지 않았으니까요."

"이제 곧 실감하게 될 거예요."

강지영은 그 말을 끝으로 입을 다물고, 아이패드로 업무를
처리하기 시작했다.

그리고 굳이 그녀의 보충 설명이 없어도 곧 실감하게 될 것
이라는 그녀의 말을 이해하는 데는 시간이 오래 걸리지 않았
다.

찰칵. 찰칵.

검정색 세단이 한성 호텔 앞에 도착하자, 강균성이 미리 도
착해서 기다리고 있었다. 세단에서 내려 강균성이 앞으로 내
민 손을 잡자마자, 요란한 플래시 세례가 사방에서 터져 나왔
다.

예상했던 것보다 훨씬 더 많은 기자들이 몰려든 탓에 당황한 우진이 표정을 굳히고 있자, 강균성이 귓속말을 건넸다.

"웃어."

"네?"

"긴장한 기색을 내보이면 기자들이 만만하게 본단 말일세."

"네? 네."

"자신 있게 웃게. 자넨 내년에 한성 비글스를 우승시킬 감독이니까. 그리고 내가 선택한 사람이니까."

강균성의 조언 덕분에 우진도 억지로나마 웃었다. 기자회견장은 한성 호텔 2층 컨벤션 센터에 마련되어 있었다.

꽤 넓은 규모의 회장에는 백여 개가 넘는 의자들이 놓여져 있었지만, 이미 빈자리는 없었고 일부 기자들은 선 채 기다리고 있었다.

수많은 취재기자들에게 잠시 시선을 빼앗겼던 우진이 정신을 차린 것은 꽃다발을 들고 다가온 장태준 선수 덕분이었다.

한성 비글스 팀의 4번 타자이자 주장을 맡고 있는 장태준의 거구와 그의 손에 들려 있는 작은 꽃다발은 무척 어울리지 않는다는 느낌을 주었다.

"축하드립니다. 앞으로 잘 부탁드립니다."

장태준이 건넨 꽃다발을 받으며 우진은 유심히 그를 살폈다. 입으로는 축하한다면서 꽃다발을 건네고 있었지만, 그의 두 눈에는 불신과 불만, 오만이라는 감정이 뒤섞여 있었다.

그냥 무심코 넘기려다가 마음을 고쳐먹었다. 장태준은 한성 비글스 팀의 주장. 첫 대면에서 장태준과의 기 싸움에서 밀린다면 앞으로도 두고두고 골칫거리가 될 거란 판단이 섰기 때문이었다.

"TV에서 볼 때보다 더 살이 쪘네."

"네?"

"꽃다발이 너무 작아 보여서 좀 그래. 앞으로는 좀 더 큰 꽃다발을 사든가, 살을 좀 빼는 게 좋겠군."

뒤늦게 말속에 뼈가 담긴 것을 알아챈 장태준의 표정이 일그러졌지만, 우진은 개의치 않고 웃으며 덧붙였다.

"웃어."

"네?"

"꼴찌 팀 주장이라고 해서 긴장하고 인상을 구기고 있으면 기자들이 더 만만하게 본단 말이야."

장태준이 마지못해 억지웃음을 지은 채 사진을 찍고 내려가자, 강균성이 다시 귓속말을 건넸다.

"빨리 습득하는 편이군."

"칭찬으로 듣겠습니다."

"자, 이제 긴장은 어느 정도 풀린 것 같으니 아침부터 모이느라 피곤했을 기자들을 즐겁게 해주라고."

강균성의 말이 끝나기 무섭게 기자들이 앞다투어 질문을 쏟아내기 시작했다.

"국내 프로야구계에 삼십 대 감독님이 등장하신 것은 이번이 처음입니다. 이렇게 젊은 나이에 한성 비글스 팀의 감독이 된 비결이 무엇입니까?"

"감독은 성적을 내는 자리입니다. 나이순으로 앉는 자리가 아니지요. 굳이 비결을 꼽자면 게임을 잘해서가 아닐까 싶습니다."

"게임요?"

"게임볼이란 야구 게임이죠."

타다다닷.

게임볼이 대체 뭐냐는 웅성거림과 함께 기자들의 손이 바빠지기 시작했다. 그리고 기자들의 질문도 쉬지 않고 이어졌다.

"제가 알기로 노우진 감독님은 이전까지 지도자 경험이 전무한 걸로 알고 있습니다. 맞습니까?"

"전무한 것은 아닙니다. 고등학교 야구부 감독을 맡았던 적이 있습니다."

"무슨 고등학교입니까?"

"원한 고등학교입니다."

원한 고등학교 야구 감독 시절은 우진에게 있어서 역린이나 마찬가지였다.

건드리기만 해도 가장 아픈 상처. 하지만 인터넷이 발달해서 신상이 금세 탈탈 털리는 요즘 세상에 언제까지 감출 수는 없는 노릇이었다. 그래서 우진은 정면 돌파를 선택했다.

"원한 고등학교요? 성적은 어땠습니까?"

"봉황기 예선 탈락이었습니다."

"예선 탈락요?"

"좀 더 정확하게 말하면 경기를 해보지도 못했습니다."

말귀를 제대로 알아듣지 못한 기자가 허둥대는 것을 지켜보던 우진이 기회를 놓치지 않고 덧붙였다.

"제 지도자 경력은 그게 끝이 아닙니다. 게임볼에서도 감독을 맡았었죠."

"또 게임볼입니까?"

"게임볼을 알고 있습니까?"

우진이 오히려 반문을 던지자 기자는 머쓱한 표정을 지었다. 대신 젊은 기자가 나섰다.

"제가 알고 있습니다."

"잘됐네요. 이제야 말이 좀 통하겠어요."

"저도 게임볼의 유저입니다. 실례지만 노우진 감독님이 활약하신 리그는 어디였습니까?"

"프로리그였습니다."

"프로리그요?"

마이너리그, 세미 프로리그, 프로리그. 총 세 개의 리그로 나뉘어진 게임볼의 시스템에서 프로리그에 올라가는 것이 얼마나 어려운가를 알고 있는 젊은 기자는 놀란 표정을 감추지 못했다.

"어느 팀의 감독을 맡으셨습니까?"

"물론… 한성 비글스입니다."

"한성 비글스요?"

젊은 기자는 경악한 표정으로 언성을 높였다. 그 대화를 듣고 있던 다른 기자들이 다시 웅성대기 시작했다. 그리고 기자들의 반응은 크게 둘로 나뉘었다.

"게임볼이 대체 뭐야?"

"그게 뭔데 이 난리야?"

"게임볼에서 한성 비글스 감독을 하면 나도 진짜 한성 비글스 감독이 될 수 있는 거야?"

게임볼에 대해서 전혀 아는 게 없는 기자들의 반응이었다. 반면에 비교적 젊은, 그래서 게임볼에 대해서 알고 있는 기자들의 반응은 이랬다.

"게임볼의 프로리그에서 뛰는 게임 유저라고?"

"그냥 프로리그의 게임 유저가 아냐. 기적의 팀이라는 한성 비글스의 감독을 맡고 있다고 하잖아."

"최저 몸값의 선수들로 우승을 다투는 한성 비글스 감독이라니."

"미라클이란 아이디를 가진 유저가 대체 누군지 궁금했는데. 여기서 직접 보게 될 줄이야."

우진은 쏟아지는 플래시 세례를 받으며 기자들이 보이고 있는 극과 극의 반응을 살폈다.

기자들은 편을 가른 채 반응을 쏟아내고 있었지만, 게임볼에 대해서 자세히 알고 있는 기자들의 수가 훨씬 적었다. 그래서 대부분의 반응은 부정적이었다.

하지만 우진은 당황하지 않았다. 기자들이 이런 반응을 보일 것을 어느 정도 예상했기 때문이었다.

"시키는 대로 잘하는군."

우진의 곁에 앉아 있던 강균성이 희미하게 웃으며 귓속말로 칭찬을 건넸다.

"솔직히 털어놓았을 뿐입니다."

"솔직해지는 것만큼 어려운 것도 없지. 기자들의 반응을 보라고. 즐거워서 죽으려고 하잖아. 얼른 기사를 쓰고 싶어서 손가락이 근질근질거릴 걸."

강균성의 말이 맞았다. 좋은 먹잇감을 발견한 기자들은 어느 정도 배를 채운 하이에나처럼 건성으로 질문을 던졌고, 우진도 적당히 대꾸했다.

그리고 기자회견이 끝나갈 무렵, 젊은 기자가 손을 번쩍 들고 마지막 질문을 던졌다.

"한성 비글스의 새로운 감독으로서 목표가 무엇입니까?"

우진이 기자들을 스윽 훑어본 후 망설이지 않고 목표를 밝혔다.

"1차 목표는 탈꼴찌입니다."

"한성 비글스의 잔여 시즌 경기가 약 서른 경기 정도뿐인데 가능하다고 보십니까?"

"어렵지만 불가능한 것도 아니라고 생각합니다."

"그럼 내년 목표는 무엇입니까?"

"당연히… 우승입니다."

우진이 힘주어 대답했다. 뜻밖의 대답에 기자들이 다시 술렁이는 사이, 우진이 몸을 일으켜 기자회견장을 빠져나갔다.

*　　　　*　　　　*

최민우가 목을 손으로 주무르며 길게 한숨을 내쉬었다. 평소 출근할 때와 마찬가지로 아침 7시가 되자마자, 집을 빠져

나왔다.

아무것도 눈치채지 못한 아내는 여느 때와 다름없이 너무 늦지 말라는 말로 출근 인사를 대신했다.

습관처럼 지하철 역사로 향하던 발걸음을 돌려, 집 근처에 위치한 구립 도서관으로 향했다. 책이나 읽으면서 하루를 버틸 계획이었는데, 그 계획은 시작부터 어긋났다.

구립 도서관이 오전 아홉 시에 문을 연다는 사실을 몰랐던 탓에 최민우는 꼬박 한 시간 가까이 도서관 앞에서 서성이며 기다리고서야 간신히 구립 도서관 안으로 들어갈 수 있었다.

"잠깐 쉬는 거야. 그냥 재충전이라고 생각하자고."

일단은 좋게 생각하고 마음을 편히 먹기로 했다. 그래서 영업과 관련된 서적들을 몇 권 골라서 책상 앞에 앉았지만, 제대로 눈에 들어오지 않았다. 마음을 편히 먹으려고 애를 썼지만, 그게 뜻대로 되지 않았다.

자꾸 초조해지는 마음을 달래기 위해 도서관의 자료실 내부를 이리저리 서성이던 최민우가 걸음을 멈춘 것은 잡지 코너 앞에서였다. '베이스볼 투데이'라는 잡지를 손에 쥔 최민우가 근처 책상에 앉아서 책장을 펼치다가 멈칫했다.

"지금 대체 무슨 생각을 하는 거야?"

부하 직원이었던 우진이 뜬금없이 프로야구 팀인 한성 비글스의 코치직을 제안하긴 했었다. 당시에는 지금보다 더 좋은 새로운 직장을 얻을 수 있다는 생각에 살짝 들뜨기도 했었다.

그러나 조금 시간이 흘러 곰곰이 생각해 보니, 이건 말도 안 되는 일이었다.

야구와는 전혀 상관없는 삶을 살아왔던 자신이 프로야구 팀의 코치라니. 코치로 선임되는 것부터 말이 안 됐고, 설령 코치가 되더라도 제대로 해낼 수 있을 리가 없었다.

그래도 혹시나 하는 마음에 며칠 전 늦은 시간에 김치찌개를 끓여서 소주잔을 기울이면서 아내에게 살짝 이야기를 꺼내보긴 했었다. 하지만 아내의 반응도 자신과 크게 다르지 않았다.

"당신이 그런 일을 할 수 있을 리가 없잖아. 아니, 그럴 일이 생길 리가 없잖아. 쓸데없는 생각 할 여유 있으면 차라리 애들 걱정이나 해. 예린이 수학 성적 떨어진 거 알지? 당장 다음 달부터 예린이 수학 학원 보내려면 더 아껴야 해. 그래서 말인데, 당신 점심값도 좀 아끼자. 내가 도시락 싸줄게."

말 상대를 할 가치조차 느끼지 못했는지 아내는 이내 화제를 돌렸다.

그리고 아내가 돈을 아낀다는 이유로 직접 싸준 도시락을 손에 들고 집에서 나올 때 최민우는 안도의 한숨을 내쉬었다.

아내가 싸준 도시락 덕분에 점심 걱정을 하지 않아도 됐기 때문이었다.

잡지를 펼치려다가 다시 덮어버린 최민우는 신문이나 볼 요량으로 다시 일어섰다. 그리고 스포츠 신문 앞으로 다가갔던 최민우가 두 눈을 비볐다. 스포츠 신문 1면을 낯익은 얼굴이 장식하고 있기 때문이었다.

"이거… 우진 씨잖아."

적잖이 놀란 최민우가 스포츠 신문의 기사를 읽으려고 할 때, 휴대전화가 울렸다. 발신자를 확인한 최민우가 서둘러 자료실을 빠져나왔다.

"우진 씨!"

―선배님, 저예요. 지금 뭐하고 계세요?

"어, 잠깐 도서관에 왔어."

―도서관요?

"재충전 좀 하려고."

―차라리 체력 훈련 삼아 등산을 하시지 그러셨어요?

"응? 그럴 걸 그랬나? 그보다 우진 씨."

―왜 그러세요?

"내가 도서관에서 스포츠 신문을 보고 있는데 1면에 우진 씨 사진이 나와 있어. 이게 어떻게 된 거야?"

―선배님도 같이 들으셨잖아요. 한성 비글스의 감독이 될

거라고.

"물론 듣긴 들었지만… 진짜 감독이 될 줄은 몰랐지."

최민우가 당황한 목소리로 대답할 때, 우진이 피식 웃으며 말했다.

―죄송하지만 재충전은 다음 기회로 미루셔야겠어요.

"그게 무슨 소리야?"

―새 직장이 기다리고 있으니까요.

"새 직장이라고?"

―한성 비글스 팀의 코치.

"우진 씨, 농담이지?"

―저 농담이나 하고 돌아다닐 정도로 한가하지 않습니다. 앞으로 해야 할 일이 산더미처럼 쌓였거든요.

"정말 농담이… 아니었구나."

최민우가 탄식처럼 한마디를 흘려냈다. 설마 했던 일이 현실로 닥치자, 머릿속이 일순 뒤죽박죽으로 변해 버렸다.

그래서 마땅히 할 말을 찾지 못하고, 입을 다물고 있을 때였다.

―혼자서 다 해 나갈 자신이 없어요. 그래서 선배가 좀 도와주셔야겠어요. 선배와 함께하면 큰 힘이 될 것 같아요. 도와주실 거죠?

"우진 씨!"

—앞으로 그렇게 부르면 안 됩니다.

"응?"

—감독님이라고 부르셔야 됩니다. 우리끼리 있을 땐 상관없지만 적어도 다른 사람이 볼 때는 그렇게 하셔야 돼요. 아셨죠?

"그래, 그렇게 할게. 우진 씨. 아니, 감독님!"

—둘이 있을 땐 괜찮다니까요.

"아니야, 입에 붙어야 실수를 안 하는 거지. 그보다 말이야."

—왜요?

"내가 잘할 수 있을까?"

퍼뜩 겁이 났다. 야구장에 몇 번 찾아가 보기는 했지만 파란 잔디로 덮인 그라운드는 밟아본 적도 없었다.

그래서 자신 없는 목소리로 질문하자, 우진은 바로 대답하지 않고 한참을 망설인 끝에 대답했다.

—나도 잘 모르겠어요.

"……"

—나부터 잘할 수 있을지 자신이 없으니까요.

우진과의 통화를 마쳤지만 여전히 실감이 나지 않았다. 도서관 자료실에 멍하니 앉아서 이런저런 생각을 하던 최민우는 퇴근 시간과 얼추 비슷한 시간에 맞춰서 집으로 돌아갔다.

"나 왔어."

"도시락은 어땠어요?"

"오래간만에 먹어서 그런지 진짜 맛있던데."

"다행이네요. 그런데 아쉽겠네요."

"응? 그게 무슨 소리야?"

"내일부터는 도시락 싸줄 필요 없게 됐으니까."

"왜? 혹시 예린이 학원 안 보내기로 했어? 그냥 보내. 내가 어떻게든 돈은 벌어다 줄 테니까."

최민우가 살짝 목소리를 높였다. 자식이 공부를 하겠다는데 못 하게 말릴 수는 없는 노릇이었다. 오히려 조금이라도 도움을 주는 것이 부모로서, 또 가장으로서 해야 할 일이었다.

그래서일까? 마지막까지 잘할 수 있을까란 걱정 때문에 망설여지던 마음이 순식간에 사라졌을 때였다.

"사실은 나 알고 있었어."

"알다니? 뭘?"

"당신 회사 그만둔 거."

"어떻게… 알았어?"

"급하게 연락할 일이 있어서 전화를 했는데 당신 전화기가 꺼져 있더라고. 그래서 회사로 전화를 걸었었거든."

"그랬구나. 그럼 혹시… 도시락도 일부러 싸준 거야?"

"당신이 그랬잖아. 밥심으로 버티는 거라고. 그런데 컵라면으로 때우거나 굶을까 봐 걱정이 돼서."

최민우는 눈시울이 뜨거워지는 것을 느꼈다. 아내는 아무 것도 모른다고 생각하고 있었는데. 전부 다 알면서도 모른 척하며, 괜한 핑계를 대고 도시락까지 싸주었던 것이었다.

"그런데 도시락 쌀 필요가 없다는 말은 무슨 뜻이야?"

"낮에 전화가 왔었어."

"전화? 누구한테서?"

"당신 부하 직원이었던 노우진 씨한테서. 이제부터 같이 일하게 될 거라고, 많이 바빠서 집안일을 잘 돌보지 못해도 형수님이 이해해 달라고 그러더라."

"그랬… 구나."

"할 거지?"

"응, 할 거야. 아니, 해야지."

"그래야지. 우진 씨 목소리에서 당신을 필요로 한다는 느낌을 받았어. 당신이 많이 도와줘."

최민우가 힘차게 고개를 끄덕였다. 영업이 천직이라고 생각하며 십 년 가까이 살았었지만, 이제부터는 전혀 새로운 일을 맡게 됐다.

프로야구 한성 비글스 팀의 코치로서 최민우의 인생 2막이 시작되려 하고 있었다.

　　　　*　　　　*　　　　*

　스포츠 신문을 읽고 있던 강균성의 입가에 미소가 떠올랐다. 신문별로 기사 내용은 조금씩 달랐지만, 공통점은 모두 1면에 한성 비글스의 신임 감독인 노우진에 관한 기사를 실었다는 점이었다.

　느긋하게 커피 한 모금을 마신 후, 이번에는 포털 사이트로 들어갔다. 예상대로 포털 사이트에서도 노우진의 기사가 메인으로 올라와 있었다.

　그리고 기사 아래에서는 때 아닌 댓글 논쟁이 벌어지고 있었다.

　―한성 그룹, 야구단 포기했삼?

　―돌아가는 상황 보니 영구 꼴찌 확정.

　―한성 비글스 팬에서 하차합니다.

　―진짜 게임 잘해서 감독 된 거 맞음?

　―나 리니지 성주되면 도지사 시켜주남?

　―구단주 진심 미친 거 아님?

　"걱정 마라. 아직 미치지 않았으니까."

　자신을 걱정해 주는 악플러에게 화답해 준 강균성이 마우스를 눌러 포털사이트를 닫을 때, 사무실의 전화가 울렸다.

"여보세요?"

—나다.

"네, 웬일로 저한테 전화를 다 하셨어요?"

—신문 봤다.

"신문 보셨군요. 우리 한성 비글스 팀의 신임 감독의 웃는 모습이 좀 어색하죠? 긴장해서 그래요. 앞으로 차차 나아지겠죠."

—실없는 소리는 그만두거라. 대체 무슨 생각을 하고 있는 거냐?

"한 가지 생각뿐이죠. 우승."

—흥. 내게 반항하기 위해서 그룹 망신을 시키려고 작정한 것이냐?

"왜 그렇게 생각하세요?"

—말도 안 되는 짓을 벌이고 있으니까.

가래가 낀 것처럼 텁텁한 강준호의 목소리에는 노기가 담겨 있었다. 그러나 강균성은 전혀 기죽지 않고 대꾸했다.

"먼저 말도 안 되는 짓을 벌인 건 아버지셨어요. 야구라고는 아무것도 모르는 저한테 한성 비글스 팀을 맡기시고 우승을 해야만 경영 일선으로 복귀시키겠다는 것도 말이 안 되긴 마찬가지잖아요."

—그래서 반항하기 위해서 이렇게 유치한 짓을 벌인 것이냐?

수화기 너머로 들려오는 카랑카랑한 강준호의 목소리를 듣던 강균성이 쓴웃음을 지었다.

유치한 짓이라. 어쩌면 그렇게 보였을 수도 있겠다는 생각이 들었다. 하지만 나름대로는 심사숙고한 끝에 결정한 일이었다.

"아버지."

—말하거라.

"저도 이제 마흔이 넘었어요. 자식도 키우고 있구요. 아버지에게 반항을 하려고 유치한 짓을 할 때는 지났어요."

강균성이 담담한 목소리로 말하자, 수화기 너머로 긴 침묵이 이어졌다. 갈증을 느낀 강균성이 미지근하게 식어버린 커피를 한 모금 마시고 나서 덧붙였다.

"우승이란 거, 꿈이나 마찬가지였어요."

—꿈?

"이루어지기 힘들 거라고 생각했거든요. 그래서 한동안은 아버지를 원망하기도 했어요. 날 경영 일선에서 밀어내시고 형에게 물려주시기 위해서 내게 한성 비글스 팀의 구단주를 맡겼구나 하는 생각이 들었거든요. 그런데 이제는 더 이상 원망하지 않아요. 대신 욕심이 생겼어요."

—무슨 욕심이 생겼느냐?

"우승에 대한 욕심요. 처음에는 한성 비글스 팀이 몇 번을 지든 꼴찌를 하든 상관없었어요. 아예 관심이 없었으니까. 그런데 시간이 지나다 보니까 승부욕이 슬슬 발동하더라구요."

—……

"야구가 조금은 좋아졌는가 봐요."

강균성이 솔직히 털어놓았다.

지금까지 없었던 승부욕이 갑자기 생긴 데는 이유가 있었다. 손톱만큼도 관심이 없었던 야구에 애정이 생겼기 때문이었다. 어쩌면 야구의 매력에 빠진 것인지도 몰랐다.

그리고 그 계기는 바로 게임볼이었다. 선수 개개인의 능력에 의존하지 않고, 하나의 팀으로 뭉쳐서 성적을 올리는 노우진이 이끄는 한성 비글스는 분명히 매력적인 팀이었다.

—알았다.

"조금만 더 기다려 주세요."

—지켜보마.

강준호가 먼저 전화를 끊었다.

여전히 아버지인 강준호의 의중을 파악하는 것은 어려웠다. 그러나 강균성은 더 이상 신경 쓰지 않기로 했다. 지금 자신이 할 일은 신임 감독 체제로 바뀐 한성 비글스 팀을 우승시키는 데 구단주로서 일조하는 것이었다.

"내 선택이 옳았다는 것을 보여주게."

게임볼에서 보았던 한성 비글스라는 매력적인 팀의 구단주가 되고 싶었다. 그리고 이제 그 꿈을 이루기 위해서 강균성은 첫발을 뗐다.

*   *   *

아침부터 영문도 모른 채 끌려 나왔다가, 수많은 기자들에게 시달렸던 터라 피곤이 몰려들었다. 그래서 어제는 세상 모르고 깊이 곯아떨어졌다.

늦잠을 잔 우진이 지하철을 탈 요량으로 서둘러 집을 빠져나오자, 어제와 마찬가지로 검정색 세단이 집 앞에 대기하고 있었다.

"타요."

우진이 검정색 세단 안에서 기다리고 있던 강지영을 향해 다가갔다.

"지하철 타고 가도 되는데요."

"늦었어요. 얼른 타기나 해요."

"그럼 신세 좀 질게요."

강지영과 함께 출근한다는 생각에 살짝 들떴다.

그래서 더 사양하지 않고 세단에 올라탔지만, 이내 머릿속이 복잡해졌다.

달콤한 꿈에서 깨고 나자, 냉혹한 현실이 기다리고 있었다. 한성 비글스를 우승시키기 위해서는 할 일이 태산처럼 쌓여 있었다. 대체 어디서부터 시작해야 할지를 고민하고 있을 때, 곁에 앉아 있던 강지영이 아이패드를 건넸다.

"보세요."

"뭔데요?"

"사진발이 생각보다 잘 받네요."

아이패드를 받아든 우진이 살피자 한성 비글스의 새로운 감독으로 취임한 자신의 사진과 기사가 올라와 있었다. 딱딱하게 굳어져 있는 자신의 얼굴 아래로 부정적인 논조의 기사가 적혀 있었다.

〈한성 비글스 새로운 감독 선임, 야구단 포기?〉

부정적인 기사가 쏟아질 거란 예상은 어느 정도 했다. 그렇지만 야구단 포기라는 극단적인 제목까지 사용해 가며 원색적인 비난을 할 줄은 몰랐기에 적잖이 당황스러웠다.

"구단주님이 곤란하시겠네요."

"이 정도 기사에는 눈도 깜짝 안 할 걸요. 오히려 좋아할 거예요."

"왜요?"

"한성 비글스 팀의 최다 연패 기록으로 신문 1면을 장식할 때도 있었거든요. 그때보다는 낫잖아요."

"듣고 보니 그렇긴 하네요."

"사진에 자기 얼굴이 잘생기게 나왔다고 문자까지 보내서 자랑하는 거 보면 걱정할 필요 없어요."

기사에 삽입된 사진에는 노우진과 함께 구단주인 강균성의 사진도 실려 있었다. 환하게 웃고 있는 강균성의 사진 속 얼굴은 실물보다 훨씬 나았다.

어쩌면 신문사에 전화를 걸어서 잘 나온 사진으로 기사를 만들라고 협박을 한 걸지도 모르겠다는 생각을 하며 우진이 희미하게 웃고 있을 때였다.

"역사적인 날이네요. 오늘이 감독 데뷔전이니까요."

우진이 천천히 고개를 끄덕였다.

시즌 중에 감독이 교체되고 갑자기 신임 감독으로 선임된 터라, 일정이 빡빡했다. 시즌이 막바지로 향해가고 있는 가운데 한성 비글스 팀의 경기도 있었다.

"그런데 운이 없네요. 상대가 중앙 드래곤즈니까요."

중앙 드래곤즈는 현재 10개 구단 가운데 3위에 이름을 올리고 있었다. 4위인 여울 데블즈와의 승차는 불과 반 게임이었고, 5위인 청우 로얄스와의 승차도 2게임에 불과했다.

가을 야구라 불리는 준플레이오프에 진출하기 위해서는 10개 구단 가운데 4위를 차지해야 했다.

비록 중앙 드래곤즈가 현재 3위에 이름을 올리고 있다고 해도 최근 상승세를 타며 4위 다툼에 가세한 청우 로열스의 기세가 워낙 무섭기 때문에 가을 야구 진출을 확신할 수 없는 상황이었다.

그래서 중앙 드래곤즈는 약이 잔뜩 오른 독사처럼 좋은 먹잇감이라 할 수 있는 한성 비글스를 물어뜯으려고 혈안이 돼 있는 상황이었다.

"쉽지는 않겠네요."

"비책은 없어요?"

"비책?"

"중앙 드래곤즈를 잡고 감독 데뷔전을 승리로 장식할 비책 말이에요."

강지영이 두 눈을 빛내며 기대에 찬 목소리로 물었다. 그 기대를 무너뜨리고 싶지 않았지만, 우진은 솔직하게 털어놓았다.

"야구에 비책은 없어요. 작은 것이 하나씩 모여서 팀을 만들고, 그렇게 잘 만들어진 좋은 팀이 승리하는 거죠."

"그럼 질 거라는 건가요?"

"아마 질 거예요."

"감독이 너무 무책임한 것 아니에요?"

"물론 이기려고 노력은 할 거예요."

우진이 푹신한 시트에 등을 묻었다. 감독으로 부임하고 나서 첫 번째 경기인 만큼 누구보다 이기고 싶었다. 그러나 소탐 대실이란 말은 괜히 생긴 것이 아니었다.

작은 것을 탐하다가는 더 큰 것을 잃는 법이었다. 지금은 욕심을 버리고 차근차근 팀을 만들어 나가야 할 시점이었다.

"선수들과의 첫 미팅에서 무슨 얘기를 할 거예요?"

강지영이 아이패드를 향해 시선을 던진 채 다시 물었다. 그리고 우진은 잠시 고민하다가 대답했다.

"직접 봐요."

*　　　　*　　　　*

한성 비글스 팀의 수석 코치인 정진철이 컵을 내던졌다. 벽에 부딪히고 나서 핑그르르 바닥을 구르는 플라스틱 컵의 신세가 자신과 닮았다는 생각이 들어서 정진철이 미간을 찌푸렸다.

한성 비글스의 감독이었던 유대균이 성적 부진을 이유로 갑작스럽게 해고될 때만 해도 후임 감독 자리는 자신의 몫이라고 생각했다. 그래서 잔뜩 기대를 하고 있었지만, 구단주인 강균성의 연락은 오지 않았다.

그런데 아닌 밤중에 홍두깨도 아니고 갑자기 노우진이라는 신임 감독이 선임된 순간, 정진철은 둔기로 뒤통수를 얻어맞은 것처럼 커다란 충격을 받았다.

"대체 왜 그딴 놈이지?"

만약 야구계에서도 두루 인정받는 명장 가운데 한 명이 한성 비글스의 신임 감독으로 선임됐다면 이렇게까지 화가 나지는 않았을 것이었다. 하지만 구단주인 강균성이 선택한 노우진은 명장도 아니었고, 지금까지 이루어놓은 업적도 아무것도 없었다.

말 그대로 하늘에서 뚝 떨어진 낙하산이었다. 그래서 처음에는 구단 내부의 정치적인 입김이 들어간 게 아닌가 하는 의심이 들었다.

하지만 자세히 알아본 결과 그것도 아니었다.

노우진이 한성 비글스 팀의 신임 감독으로 선임된 이유는… 어이없게도 게임볼이라는 야구 게임을 잘해서였다.

"내가 순순히 포기할 것 같아?"

한성 비글스 팀의 감독 자리를 노리고 차근차근 지도자 코스를 밟아왔고 마침내 수석 코치 자리까지 올랐다. 이제 꿈이 현실로 이루어지기 직전의 찰나, 듣도 보도 못 한 놈이 굴러들어와 꿈을 박살 낸 셈이었다.

"흥, 제깟 놈이 얼마나 버티겠어?"

정진철이 코웃음을 쳤다. 게임과 현실은 분명히 달랐다. 노우진이라는 놈은 이제 그 단순한 사실을 뼈저리게 느끼게 될 것이었다.

그래서 노우진이 얼마 버티지 못하고 물러나면 구단주인 강균성도 실수를 깨닫고 수석 코치로 팀에 헌신해 온 자신을 감독 자리에 앉힐 수밖에 없으리라.

"자, 어떤 놈인지 면상이나 볼까?"

오늘이 신임 감독인 노우진과 선수단의 첫 번째 미팅이 있는 날이었다. 단단히 각오를 한 정진철이 그라운드로 나갔다.

오래간만에 입은 탓에 유니폼이 무척 낯설게 느껴졌다. 선수로 활동할 때보다 살이 조금 붙었지만, 아직 배는 나오지 않았다. 선수 생활을 그만둔 후에도 꾸준히 운동을 한 덕분이었다.

크게 한숨을 내쉰 후 라커룸을 빠져나왔다. 그리고 자신을 기다리고 있는 선수들이 모여 있는 그라운드를 향해 천천히 걸었다.

현재 1군에서 뛰고 있는 선수들과 2군에 머물고 있는 선수들이 더그아웃 앞에 모두 모여 있었다.

우진이 모습을 드러내자, 올해 신인 드래프트를 통해서 한성 비글스에 입단한 막내 선수인 고창성이 꽃다발을 들고 걸어 나왔다.

"축하드립니다. 그리고 잘 부탁드립니다."

고창성이 건넨 꽃다발을 받아든 우진이 슬쩍 미간을 찌푸렸다.

신임 감독과 선수들의 상견례 자리에서 일반적으로 꽃다발을 건네는 것은 팀의 주장이었다. 비록 요식 행사라고 해도 그것이 감독에 대한 존경심의 발로이자 예의라고 여기기 때문이었다.

하지만 지금 우진에게 꽃다발을 건넨 것은 팀의 주장인 장태준이 아니라 팀의 막내인 고창성이었다. 이 꽃다발의 의미는 자신을 인정하지 않겠다는 마음을 넌지시 내비친 것이었다.

'기 싸움인가?'

우진이 장태준을 힐끗 바라보았다. 임산부처럼 불룩 나온 배를 감추려 하지 않고 앞으로 내밀고 있는 장태준은 시선을 피하지 않았다.

오히려 어디 한번 할 테면 해보라는 도발적인 시선을 던지고 있었다. 그리고 다른 선수들의 반응도 별반 다르지 않았다.

호기심 반, 실망 반.

더그아웃 앞에 모인 선수들의 두 눈에 대체적으로 깃든 감정을 확인한 우진이 천천히 입을 열었다.

"감독 취임을 축하해줘서 고맙군. 그런데 너희들 입장에서는 축하할 일이 아닐 거야. 앞으로 많은 것이 변할 거거든. 내가 맡은 이상 한성 비글스는 무조건 변한다. 그 변화에 적응하지 못한다면 둘 중 하나를 선택해라. 야구를 그만두거나, 팀을 떠나거나."

"……."

"……."

"한성 비글스라는 배는 지금 침몰 직전이다. 침몰 위기에 처한 배를 구하기 위해서 필요하다면 난 모든 것을 버릴 생각이다. 짐, 식량, 돛대는 물론이고 배를 조종하는데 쓸모없는 선원들도 버릴 각오가 돼 있다."

기선을 제압하기 위해서 우진이 선전포고를 했다. 너무 강경한 어조에 적잖이 당황한 기색을 감추지 못하는 고참 선수들이 보였지만, 우진은 애써 외면한 채 덧붙였다.

"그리고 오늘 중앙 드래곤즈와의 경기. 선발투수를 바꾼다. 오늘 선발투수는 유현식이다."

우진이 일방적으로 통보하자 선수들과 코치들이 일제히 술렁였다. 그리고 얼마 지나지 않아 유현식이 불만스러운 기색을 감추지 않은 채 대들었다.

"선발 로테이션상 제 순서가 아닌데요."

"알아."

"전 한 번 선발로 나선 후에 5일을 쉬고 던지는 패턴이 이미 몸에 배어 있습니다. 감독님이나 코치님들도 인정해 주셨구요. 지난번 선발투수로 나서고 나서 아직 4일밖에 쉬지 못했습니다."

"그것도 알아."

"그런데요?"

"이전 감독이겠지."

"……?"

"난 용납 못 해. 오늘 선발은 너다."

우진이 딱 잘라 말하자, 유현식의 낯빛이 붉으락푸르락하게 변했다. 그러나 더 이상 대들지는 않고 마지못해 수긍했다. 대신 비꼬듯이 한마디를 덧붙이는 것을 잊지 않았다.

"감독님의 데뷔전 승리를 위해서 팔이 빠지도록 던져보죠."

물론 우진도 가만히 있을 생각은 없었다.

"날 위해서 던질 필요 없어. 널 위해 던져."

"……?"

"이번 경기에서 부진하면 보직이 바뀔지도 모르니까."

전혀 예상치 못한 충격적인 이야기였던 탓일까?

붉으락푸르락하던 유현식의 낯빛이 밀랍 인형처럼 창백하게 질렀다. 그리고 분노를 감당하기 힘든 듯 꽉 쥔 주먹을 부르르 떨며 소리쳤다.

"그게 무슨 소립니까?"

"말 그대로야. 지금까지는 선발투수였지만, 앞으로는 중간 계투 요원이나 마무리 투수로 보직이 바뀔 수도 있어."

"내가 왜 보직이 바뀌어야 하는데요? 재작년에 13승, 작년에는 11승, 올해도 9승을 올렸습니다. 우리 팀의 투수들 가운데 나만큼 승 수를 많이 쌓은 투수가 어디 있습니까? 내가 바로 우리 팀의 에이스입니다."

유현식은 그동안 자신이 쌓아온 승 수를 조목조목 근거로 대며 팀의 에이스 투수라는 것을 항변했다. 그러나 우진 역시 한 치도 물러나지 않았다.

"네가 13승과 11승, 그리고 올해 9승을 올리는 동안 한성 비글스 팀은 계속 꼴찌였지. 꼴찌 팀에도 에이스가 존재할까?"

"그건 내 탓이 아닙니다."

"그럼 누구 탓이지?"

"다른 투수들과 타자들, 코칭 스태프까지 총체적으로 부진했기 때문이죠. 난 할 만큼 했어요."

여전히 자신있는 목소리로 유현식은 강하게 주장했다.

그리고 얼핏 듣기에 틀린 말은 아니었다. 한국 프로야구 10개 구단 가운데서 팀타율과 팀득점이 꼴찌인 한성 비글스 팀의 선발투수로서 그만한 승 수를 쌓았다는 것만 해도 무척 대단한 일이었다.

"작년에 자네 연봉이 얼마였지?"

"4억이었습니다."

"그러니까 연봉 4억에 걸맞는 값어치를 했다?"

"당연하죠. 아니, 하고도 남았죠."

"내가 보기엔 그런 것 같지 않은데."

"대체 무슨 근거로 그렇게 얘기하는 겁니까? 아무런 근거도 없이 그런 말을 던진다면……."

"내가 근거를 대고, 만약 내가 댄 근거에 수긍한다면 군말 없이 보직 변경을 받아들일 건가?"

갑작스러운 공격을 받은 유현식이 순식간에 맹렬한 기세를 잃어버리고 흠칫했다. 그리고 우진은 기회를 놓치지 않고 더욱 거칠게 몰아붙였다.

"어서 대답해 봐. 보직 변경을 받아들일 텐가?"

"그건……."

기세가 한풀 꺾인 유현식이 구원투수를 올려달라며 벤치를 살피는 그로기 상태에 빠진 선발투수처럼 시선을 동료들에게 던졌다.

북풍한설이 몰아치는 것처럼 차갑게 얼어버린 장내의 분위기에 위축된 선수들이 대부분 시선을 피했지만, 팀의 주장인 장태준은 달랐다.

유현식의 간절한 시선을 외면하지 않고 나설 채비를 하는 것을 발견한 우진이 한발 빨리 움직였다.

"자신 없어?"

"좋습니다. 일단 들어나 보죠."

"가장 많은 승 수를 쌓은 13승을 올렸던 해를 살펴보지. 네가 가장 많은 승 수를 쌓은 팀은 심원 패롯스였어. 13승 가운데 5승을 심원 패롯스를 상대로 올렸어. 그리고 다음으로 많은 승 수를 올린 팀은 마경 스왈로우스, 13승 가운데 4승을 거두어들였지."

"그게 뭐가 어떻다는 겁니까?"

"그 해가 끝났을 때 심원 패롯스의 성적은 10개 구단 가운데 8위, 마경 스왈로우스는 9위였어. 약팀을 상대로 승리를 몰아서 챙겼지."

"우연의 일치였습니다."

"과연 우연의 일치일까? 그럼 그 다음 해에 올린 11승도 어느 팀을 상대로 올렸는지 어디 한번 분석해 볼까?"

유현식이 입을 꾹 다문 채 분한 듯 콧김을 씩씩 내뿜었다. 그러나 딱 거기까지였다. 유현식 본인도 자신의 성적에 대해서 잘 알고 있는 탓인지 더 이상 덤벼들지 않았다.

"승 수만 많이 쌓는다고 해서 팀의 에이스가 아냐. 팀이 어려울 때 강팀과 약팀을 가리지 않고 등판해서 연패를 끊어주거나 연승을 이어나갈 수 있는 발판 역할을 하는 게 진짜 팀의 에이스지."

우진이 생각하는 에이스의 역할은 이것이었다. 그리고 유현식도 딱히 반박할 말을 찾지 못한 듯 입을 다물었다.

"오늘 경기에서 최선을 다하는 게 좋을 거야. 중간 계투 요원이 되면 느긋하게 쉴 여유가 없어질 테니까. 물론 연봉도 대폭 삭감되겠지. 중간 계투 요원에게 4억씩이나 주는 구단주는 없으니까."

피가 날 정도로 입술을 꽉 깨물고 있는 유현식이 매섭게 노려보았지만, 우진은 그 시선을 외면했다.

"첫 미팅은 이쯤에서 끝내지. 자세한 이야기는 경기가 끝나고 하도록 해."

우진이 잔뜩 얼어 있는 선수들을 일별한 후 미팅을 마무리했다.

데뷔 경기를 앞두고 찾아온 기자들을 상대하기 위해서 더그아웃을 빠져나가던 우진이 멀찍이 떨어져서 바라보고 있었던 강지영에게 물었다.

"어땠어요?"

"몰랐는데 나쁜 남자 스타일이었네요."

"그래서 싫어졌어요?"

"더 좋아졌어요. 난 나쁜 남자에게 더 끌리거든요."

우진이 픽 웃고 나서, 아까부터 자신을 기다리고 있는 기자들을 상대하기 위해 움직였다.

Chapter 6

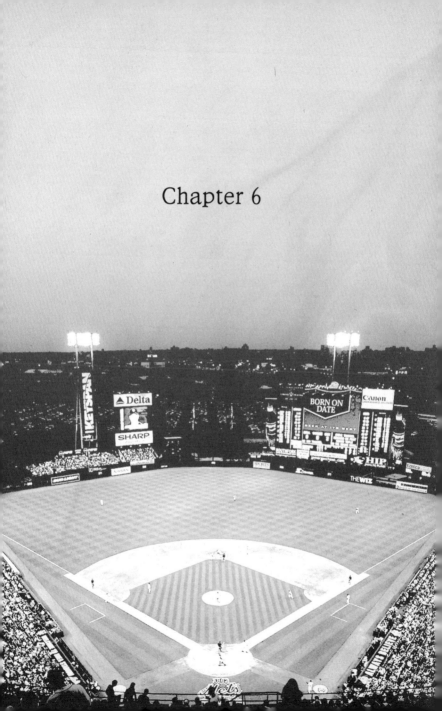

정진철이 라커룸으로 들어섰다.

예상대로 갑작스럽게 오늘 경기의 선발투수가 된 유현식이 라커룸에 혼자 남아서 분을 삭이고 있는 것을 발견한 정진철이 그의 곁으로 다가갔다.

"괜찮아?"

부드러운 목소리로 묻자, 유현식이 기다렸다는 듯이 불평을 터뜨렸다.

"컨디션이 엉망이에요. 투수가 얼마나 예민한 존재인지 코치님도 아시죠? 그런데 이런 기분으로 좋은 투구를 할 수 있겠어요? 능력도 없는 낙하산이 뭘 아는 게 있겠어요? 감히 팀의 에이스인 나한테 이런 망신을 줘도 돼요?"

꽉 움켜쥔 오른 주먹을 부르르 떨면서 불만을 쏟아내는 유현식의 어깨를 감싸안고 다독이며 정진철이 맞장구를 쳤다.

"당연히 안 되지. 에이스에게는 에이스 대우를 해줘야지."

"내 말이 바로 그거라니까요."

"아무것도 모르는 애송이라서 그래. 세상 물정 모르고 날뛰다가 금방 잘려 나갈 거야. 조금만 참고 버텨."

"그렇겠죠?"

"그럼. 우리 팀의 에이스인 네가 선발 로테이션에 빠지면 어떻게 할 거야? 네 자리를 채울 투수가 없는네. 처음이라 한 번 허세를 부려본 것뿐일 거야."

정진철이 주먹으로 가슴을 탕탕 치며 호언장담했다. 마지못한 표정으로 고개를 끄덕이는 유현식의 어깨를 쓰다듬으며 정진철이 희미하게 웃었다.

신임 감독인 노우진과 구단주인 강균성 사이가 얼마나 단단히 엮여 있는지는 확실히 몰랐다.

그러나 확실한 것은 감독이란 자리는 아무나 맡을 수 있는 자리가 아니라는 점이었다. 결국 중요한 것은 팀의 성적이었다.

'우승을 하겠다고?'

정진철이 코웃음을 쳤다. 노우진이 기자회견장에서 인터뷰를 한 내용은 이미 알고 있었다.

내년에 우승을 노리겠다고 장담했지만, 그게 바로 노우진이 애송이라는 증거였다.

선수단을 제대로 파악하지도 못했고, 장악하지도 못하는 주제에 우승이라니.

노우진은 곧 제 풀에 지쳐서 떨어져 나가리라. 그리고 그때는 자신이 한성 비글스의 감독을 맡게 되리라. 지금 정진철이 할 일은 그때가 찾아올 때까지 가만히 기다리는 것뿐이었다.

그리고 신임 감독인 노우진에게 반감을 가지는 선수들을 다독이며 자기 편으로 만들면 됐다.

"애송이 감독이 부리는 술수에 말려들지 마. 네가 우리 팀의 에이스라는 것은 절대 변하지 않는 사실이니까."

자존심이 상한 유현식을 다독이던 정진철의 입가로 희미한 웃음이 떠올랐다가 사라졌다.

구단주 관람석에 앉은 강균성이 더그아웃을 바라보았다. 며칠간 비어 있던 감독석에 우진이 앉아 있는 모습이 보였다.

살짝 긴장한 기색을 감추지 못하고 있는 우진을 바라보던 강균성이 배 실장에게 물었다.

"오늘 관중이 얼마나 늘었어?"

"3,453명입니다."

"꽤 늘었네."

"신임 감독 취임 후에 첫 경기니까요."

강균성이 희미하게 고개를 끄덕였다.

한성 비글스 팀의 신임 감독으로 노우진을 선택하자마자, 인터넷은 팬들의 비난 여론으로 들끓었다.

그리고 팬들만이 아니었다. 야구 평론가와 기자들, 그리고 야구 해설가들까지 벌 떼처럼 달려들어 비난 기사를 쏟아냈다.

그러나 강균성은 그 비난들에 전혀 신경 쓰지 않았다.

오히려 바라던 바였다. 신임 감독인 노우진에 대한 관심은 점점 커졌고, 실제로 지난 경기보다 세 배 가까운 관중 증가로 이어졌다.

"이 관심의 불씨를 살리는 것은 저 친구의 몫이지."

강균성이 차를 마시며 그라운드를 향해 걸어 나가는 선수들을 살폈다. 선수들의 얼굴에는 평소와 달리 긴장감이 묻어났다.

특히 일정을 하루 앞당겨 갑작스럽게 오늘의 선발투수로 나선 유현식의 얼굴에는 비장함마저 깃들어 있었다.

"나쁘지 않군."

일단 출발은 나쁘지 않았다. 늘 무기력하던 선수들의 눈빛과 표정이 바뀐 것만으로도 강균성은 만족했다.

"오늘, 이길 수 있을까?"

강균성이 살짝 들뜬 목소리로 질문을 던졌지만, 어김없이 강지영이 흥을 깨뜨렸다.

"아마 질 걸요."

"왜 그렇게 생각해?"

"우진 씨가 그랬어요. 이길 수 있는 비책이 없다고."

"그래? 그럼 내기할까? 난 이긴다에 걸지."

"그럼 전 진다에 걸죠."

"좋아. 뭘 걸까?"

"소원 들어주기로 하죠."

"소원 들어주기? 무슨 소원인데?"

"그건 비밀."

"좋아, 그렇게 하지."

"단, 뭐든지 들어줘야 해요."

"그러지."

내기가 성립된 순간, 원래 오늘 선발투수로 예고됐던 박명준이 마운드에서 초구를 던졌다.

따악. 중앙 드래곤즈의 1번 타자가 친 공이 유격수 앞으로 굴러갔다.

툭. 데구르르.

유격수인 장기형이 허리를 숙이며 글러브를 갖다 댔지만, 공을 글러브 속으로 들어가지 않았다.

평범하기 그지없던 타구는 글러브에 맞고 튕겨져 나와 바닥에 떨어졌다.

당황한 장기형이 손을 뻗어 더듬어서 다시 공을 잡아서 1루를 향해 뿌렸지만, 발이 빠른 중앙 드래곤즈의 1번 타자는 공이 도착하기 전에 이미 1루 베이스를 밟고 지나쳤다.

"긴장 때문에 몸이 굳었어."

장기형이 평범한 땅볼을 놓친 이유를 우진이 모를 리 없었다. 타자의 발이 빠르다는 점이 마음의 부담으로 작용했고, 그것이 긴장으로 이어졌기 때문이었다. 물론 그게 다는 아니었다.

신임 감독인 우진이 지켜보는 가운데 처음으로 치르는 경기라서 신경이 곤두선 것도 실책을 저지른 이유였다.

망연자실한 표정을 짓고 있는 장기형을 바라보던 우진이 투수 코치에게 투수 교체를 지시했다.

공 하나만 던지고 박명준이 교체되고, 우진의 지시로 갑작스럽게 오늘 선발로 일정이 바뀐 유현식이 마운드에 올라갔다. 분위기는 어수선했지만, 유현식의 표정은 비장했다.

파앙.

유현식이 이를 악문 채 던진 공이 포수의 미트에 꽂혔다. 146㎞의 구속이 찍힌 직구는 스트라이크로 판정이 됐고, 포수에게서 공을 돌려받은 유현식은 마치 시위라도 하듯 고개를 돌려 우진을 힐끗 바라보았다.

"독기를 품었군."

우진이 만족스럽게 웃었다. 일단 한성 비글스 팀의 감독을 맡았으니 가장 급한 것은 선수들을 완벽하게 파악하는 것이었다.

실제로 신임 감독이 부임했을 때 가장 어려움을 겪는 것이 바로 선수단 파악이었다.

신임 감독이 부임한 첫 해에 좋은 성적을 거두지 못하는 경우가 많은 것도 선수단 파악에 시간이 걸리기 때문이었다. 그만큼 지난한 작업이었고 시간이 많이 걸리는 작업이었다.

우진도 마찬가지였지만, 다른 점이 한 가지 존재했다. 게임 볼 유저로서 살아온 지난 삼 년간 차곡차곡 쌓인 경험과 데이터였다. 이 경험과 데이터는 시행착오를 줄일 수 있는 엄청난 자산이었다.

우진이 파악하고 있는 유현식은 좋은 투수였다.

고교 시절과 대학 시절을 거치며 계속 좋은 성적을 거두었고, 프로 팀인 한성 비글스에 입단한 후에도 선발진의 한 축을 꾸준히 지켰다.

그러나 유현식은 충분한 잠재력을 가지고 있으면서도 한국 프로야구를 대표하는 선발투수가 되지 못 하고, 지금까지 그저 괜찮은 투수로만 남아 있었다.

그리고 그 이유는 선수 본인이 지금의 상황에 만족하고 있기 때문이었다. 도전보다는 안정, 욕심보다는 현상 유지를 원하는 유현식의 성격 탓이리라.

"내년에 우승하기 위해서는 팀의 에이스가 필요해."

유현식이 던지는 도발적인 시선을 피하지 않은 채 우진이 기억 속에 고스란히 남아 있는 데이터를 떠올렸다.

유현식

보직 : 좌완 선발투수

구종 : 직구, 슬라이더, 커브, 체인지업

평균 구속 :직구 145㎞, 슬라이더 141㎞, 커브 135㎞. 체인지업 128㎞

신체 조건 : 신장 187㎝, 체중 92㎏

수비 능력 : 중

견제 능력 : 중

잠재 능력 : 상

한성 비글스라는 팀으로 게임볼을 시작했을 때, 우진이 가장 주목한 선수가 바로 유현식이었다. 만약 자신이 가지고 있는 잠재력만 폭발시킨다면, 한국 프로야구를 대표하는 투수가 될 자질을 충분히 갖춘 선수가 바로 유현식이었기 때문이었다.

그럼에도 불구하고 우진이 게임볼에서 유현식을 트레이드시킨 이유는 그의 비싼 몸값 때문이었다.

게임볼의 시스템 특성은 감독에게 전권이 주어지는 것이었다. 즉 감독의 역할뿐만 아니라 구단의 운영을 총괄하는 구단주의 역할도 동시에 맡아야 했다.

우진의 입장에서는 당시에 이미 3억이 훌쩍 넘어갔던 유현식의 몸값을 감당하면서 잠재력을 폭발시키기를 마냥 기다릴 수는 없었다.

그래서 우진은 그를 트레이드시키고 받은 돈으로 유망주들을 영입해서 선발투수로 키웠었다.

하지만 지금은 상황이 달라졌다. 유현식의 몸값을 지불해줄 강균성이라는 든든한 구단주가 존재했다.

우진이 할 일은 내년 시즌에 그가 가진 잠재력을 폭발시키도록 만들어서 팀의 에이스 역할을 맡기는 것이었다.

파앙.

포수의 미트에 공이 파고드는 경쾌한 소리가 들렸다.

"스트라이크 아웃!"

심판의 손이 허공으로 올라갔고, 배트를 내밀어보지도 못하고 삼진을 당한 2번 타자는 고개를 절레절레 흔들며 더그아웃을 향해 걸어갔다.

다음으로 타석에 선 3번 타자는 초구부터 배트를 휘둘렀다.

따앙.

둔탁한 소리와 함께 중앙 드래곤즈의 2번 타자가 친 공이 2루수인 고동선의 앞으로 굴러갔다.

고동선은 공을 잡자마자 베이스 커버를 들어온 유격수 장기형에게 토스했고, 아까의 실책을 만회하겠다는 듯 이를 악문 장기형은 슬라이딩을 한 주자를 피하며 1루로 공을 던져서 더블 플레이를 완성했다.

장기형의 실책으로 인해 위기를 맞았지만, 본인의 능력으로 그 위기를 가볍게 넘긴 유현식이 마치 시위라도 하듯이 고개를 빳빳하게 든 채 천천히 더그아웃으로 돌아왔다.

우진은 박수를 쳐 주는 대신 그를 외면했다. 칭찬을 해주기에는 아직 너무 일렀기 때문이었다.

경기는 이제부터 시작이었다.

예상대로 한성 비글스 팀의 타선은 무기력했다. 무조건 이

기겠다는 각오로 중앙 드래곤즈가 내보낸 2선발인 곽주원의 컨디션은 최상이었고, 패배에 익숙해진 한성 비글스 타자들은 방망이를 연신 헛돌렸다.

0 : 0

4회까지 경기는 0의 행진이었다. 스코어만 보면 팽팽한 승부처럼 보였지만, 긴장감은 찾아보기 힘들었다.

독기를 품은 유현식과 최상의 컨디션을 보여주고 있는 곽주원의 팽팽한 투수전으로 경기의 분위기는 흘러갔다. 그리고 고비는 5회에 찾아왔다.

"머저리 같은 타자들!"

마운드에 서서 로진백을 주무르던 유현식이 참지 못하고 불평을 터뜨렸다.

중앙 드래곤즈의 선발투수인 곽주원의 구위가 평소보다 좋기는 했지만, 한성 비글스의 타선은 너무 무기력했다. 한성 비글스의 타자들이 4회까지 곽주원에게서 얻어낸 것은 볼넷 하나가 전부였다.

"내가 타자로 나서도 이보다 낫겠네."

유현식이 천천히 돌아서서 각자 수비 위치에 서 있는 선수들을 바라보았다.

타석에서 물 방망이를 휘두를 뿐만 아니라 수비 능력도 형편없었다. 이제 겨우 4회가 지났을 뿐인데 유격수인 장기형과 3루수인 신중길은 평범한 타구도 처리하지 못하고 실책을 두 개나 저질렀다.

"도움이 안 돼, 도움이!"

유현식이 더그아웃으로 고개를 돌렸다.

낙하산이나 다름없는 신임 감독 주제에 감히 팀의 에이스 인 자신의 심기를 불편하게 만든 노우진의 콧대를 납작하게 눌러주고 싶었다.

그런 각오로 1회부터 전력을 다해 공을 던졌다. 수비를 믿 지 못하는 상황이라 가능하면 삼진을 잡기 위해서 애쓰다 보 니, 투구 수가 평소보다 많이 늘어난 상황이었다.

4회를 마친 시점에서 유현식의 투구 수는 어느덧 73개. 강 약 조절을 하지 않고 전력으로 계속 던진 터라 어깨에 부담이 느껴졌다. 어느새 가빠진 호흡을 고르며 유현식이 포수의 사 인을 확인했다.

바깥쪽 슬라이더. 포수가 슬라이더를 던지기를 요구했지만 유현식은 고개를 흔들었다. 대신 몸 쪽 직구를 선택했다.

슬라이더를 요구한 포수의 선택은 나쁘지 않았다. 중앙 드 래곤즈의 2번 타자인 김한수는 앞선 두 타석에서 모두 초구 에 방망이를 휘둘렀다가 범타로 물러났다.

그만큼 의욕이 넘치는 상황인 만큼, 슬라이더로 유인하는 것이 옳은 선택이었다. 그러나 유현식이 슬라이더 대신에 직구를 선택한 이유는 투구 수가 자꾸 신경이 쓰였기 때문이었다.

부웅.

점점 무거워지는 어깨를 신경 쓰며 초구를 뿌렸다. 손끝에 공이 채이는 느낌이 좋았다, 제구는 완벽했고, 구속도 나쁘지 않았다. 그러나 김한수의 방망이는 매섭게 돌아갔다.

따악.

김한수가 자신있게 돌린 방망이에는 힘이 제대로 실렸다. 총알같이 빠른 타구는 1루수의 키를 훌쩍 넘겼다.

'파울!'

공의 궤적을 눈으로 좇으며 유현식이 간절히 바랐지만, 심판은 파울이 아니라 페어를 선언했다. 공은 펜스까지 굴러갔고, 김한수는 여유 있게 2루로 들어갔다.

무사 2루.

순식간에 위기 상황에 몰렸지만, 유현식은 침착하기 위해 애썼다. 이번 안타는 구위가 떨어져서 얻어맞은 것이 아니라 김한수가 워낙 잘 노려 쳐서 만든 안타였다.

"삼진으로 돌려세우면 돼."

타석에 중앙 드래곤즈의 3번 타자인 최준식이 들어섰다. 타율은 3할에 훨씬 미치지 못했지만, 워낙 힘이 좋은 선수였다.

만약 실투를 한다면 놓치지 않고 받아쳐서 홈런을 만들어낼 파워를 갖춘 선수였다. 그리고 그 사실이 유현식의 마음을 흔들어 놓았다.

'홈런을 맞으면 안 돼!'

마음이 흔들리자, 제구도 흔들렸다. 스트라이크 존에서 공반 개 차이로 빠져나가는 유인구를 던지려 했지만, 뜻대로 제구가 되지 않았다.

유인구는 손을 떠난 순간 볼이라는 것을 알 정도로 스트라이크 존에서 벗어났고, 카운터를 잡기 위해 던진 직구도 심판은 조금 높다는 이유로 외면했다.

스트레이트 볼넷.

두툼한 뱃살을 흔들며 1루를 향해 천천히 걸어가는 최준식을 노려보던 유현식이 로진백을 집어 들었다.

무사 1, 2루 상황.

주자가 불어나는 건 분명히 좋지 않은 현상이었지만, 유현식은 좋게 생각하기로 했다. 최준식은 발이 느렸다. 땅볼을 유도한다면, 더블 플레이로 이어질 가능성이 높았다.

그렇다면 순식간에 2사 3루가 되고, 위기에서 벗어날 수 있었다.

"이번 공이 중요해."

유현식이 크게 숨을 들이쉬었다. 타석에 들어선 4번 타자를 노려보다가 포수의 사인을 확인했다.

몸 쪽 낮게 떨어지는 커브.

이번에는 유현식이 고개를 끄덕였다. 땅볼로 유도하기 위해서는 제구가 중요하다는 사실을 잘 알았기 때문에 어깨에 더욱 힘이 들어갔다.

와인드업을 마치고 공이 손끝에서 떠난 순간, 유현식의 안색이 창백하게 질렸다.

펙.

스트라이크 존을 훌쩍 벗어난 공은 타자의 허벅지를 향해 파고들었다.

하필 이런 순간에 사구라니. 배트를 던지고 별로 아픈 기색도 없이 1루를 향해 타자가 걸어 나갔다.

무사 만루.

오늘 경기의 최대 위기가 닥친 순간, 유현식이 포수로부터 건네받은 공을 손에 쥔 채 꽉 움켜쥐었다. 손안에서 빙글 공을 돌려보았지만, 실밥이 손가락에 제대로 걸리지 않았다.

'전력투구! 삼진을 잡고 나서 병살플레이로 연결한다.'

아직 힘은 남아 있었다. 타석에 들어선 중앙 드래곤즈의 5번 타자를 잡아먹을 듯이 노려보며 유현식은 최고의 시나리오를 머릿속에 떠올렸다.

이 시나리오대로만 진행되면 무실점으로 이번 이닝을 넘길 수 있었다.

"이번 이닝까지만 막으면 돼."

투구 수가 어느덧 90개로 향하고 있는 상황이었기에 유현식은 이번 이닝이 마지막이라 판단했다. 혀를 내밀어 긴장으로 인해 바싹 말라 버린 입술을 슬쩍 훑은 후, 유현식이 초구를 던졌다.

슈아악.

스트라이크 존으로 파고들던 공이 타자 앞에서 뚝 떨어졌다. 낙차 큰 커브는 최고의 유인구였지만, 유인구는 상대가 걸려들어야만 빛을 발하는 법이었다. 아예 타격에 대한 의지가 없는 듯 가만히 서 있기만 하는 타자의 방망이는 미동도 하지 않았다.

'직구를 노린다?'

절묘한 유인구에도 미동도 않는 타자의 반응을 살핀 유현식이 떠올린 생각이었다. 그리고 포수도 같은 생각인 듯 커브 사인을 냈다. 고개를 끄덕인 유현식이 그립을 잡은 후, 다시 커브를 던졌다.

초구와 흡사한 코스로 들어간 공이 도중에 뚝 떨어졌다. 초구와 다른 점은 어깨에 힘이 들어간 터라, 공의 낙차가 더 컸다는 점이었다.

공에 반응해 따라 나오던 타자의 방망이가 애매한 지점에서 멈추었고, 원 바운드로 들어간 공은 포수가 갖다 댄 글러브를 맞고 옆으로 튀었다.

데구르르.

포수의 글러브에 맞고 옆으로 튀어나가는 공의 궤적을 눈으로 좇던 유현식이 투구 자세를 마치자마자 홈으로 달려들었다.

주자들이 뛰는 맹렬한 발걸음 소리가 들리기 시작한 순간, 공의 방향을 잃어버린 포수가 마스크를 벗어 던지고 고개를 좌우로 돌리는 것이 보였다.

"그쪽이 아냐. 오른쪽이야, 오른쪽!"

유현식이 목소리를 높여 소리쳤고, 그제야 공의 행방을 찾은 포수가 슬라이딩하듯 공을 향해 몸을 날렸다.

"휴우!"

공을 잡은 포수는 어느새 홈에 도착한 유현식에게 공을 던지지 않았다. 경계 근무를 서는 초병처럼 주자들을 노려보다가 천천히 일어나 심판에게 공을 건넸다. 다시 마운드로 돌아온 유현식이 한숨을 크게 내쉬었다.

다행히 패스트볼로 허무하게 점수를 내주는 최악의 상황은 면했지만, 여전히 상황은 좋지 않았다.

무사 만루 상황에서 2볼 노 스트라이크로 볼카운트까지 몰려 있었다. 일단은 스트라이크를 하나 넣는 것이 필요한 상황이었다.

직구.

포수가 바깥쪽 꽉 찬 직구를 요구했다. 고개를 끄덕인 유현식이 타석에 서서 잔뜩 웅크리고 있는 타자와 시선이 부딪혔다.

스트라이크를 잡으러 공을 던질 것을 직감한 타자의 눈빛은 강렬했고, 그 강렬한 눈빛이 유현식의 마음을 불안하게 만들었다.

'완벽하게 제구해야 해!'

타자의 노림수에 걸려 장타를 허용할지도 모른다는 불안함은 긴장으로 이어졌고, 자신도 모르는 사이에 긴장한 유현식의 어깨에 힘이 들어갔다.

완벽하게 제구하기 위해서 어깨에 실린 힘은 오히려 역효과를 불러일으켰다.

손에서 떠난 공은 처음부터 스트라이크 존과 한참 거리가 있었고, 놀란 포수가 심판의 머리 높이까지 날아든 공을 간신히 잡아냈다.

포수석에서 일어난 포수가 공을 돌려주며 진정하라는 듯 제스처를 했지만, 유현식의 마음은 진정되지 않았다.

3볼 노 스트라이크까지 볼카운트가 몰렸으니, 상황은 최악이나 다름없었다. 볼넷으로 점수를 내주나, 안타를 얻어맞고

점수를 내주나 피차일반이었다. 아니, 차라리 안타를 맞고 점
수를 내주는 편이 나았다.

포수도 같은 생각인 듯 한가운데 직구를 요구했다. 상황이
상황인 만큼, 타자도 공 하나 정도는 기다릴 것이 틀림없다고
판단한 유현식이 고개를 끄덕인 후 와인드업을 했다.

마침내 손에서 공이 떠난 후 유현식이 악 소리를 내뱉었다.
예상대로 타자는 방망이를 휘두를 생각도 없이 구경꾼처럼 가
만히 서서 공을 바라보았다. 문제는 자신이었다.

"빌어먹을!"

꼭 스트라이크를 던져야 한다는 긴장감과 심적 부담감을
이기지 못한 탓에 어깨뿐만 아니라 온몸에 잔뜩 힘이 들어갔
다.

릴리스 동작이 자연스럽지 못하고 뚝뚝 끊어졌고, 공을 놓
는 릴리스 포인트도 평소보다 빨랐다.

그저 스트라이크 존 한가운데에 공을 꽂아 넣기만 하면 간
단한 미션도 성공시키지 못했고, 포수의 머리 높이까지 뜬 공
은 당연히 볼로 판정받았다.

스트레이트 볼넷으로 인한 밀어내기 실점.

유현식이 오늘 경기에서 처음으로 허용한 실점이었다. 홈베
이스를 향해 천천히 걸어 들어오는 주자를 노려보던 유현식이
더그아웃으로 고개를 돌렸다.

제구에 대한 자신이 사라지자, 피로감이 급격하게 밀려들었다. 마운드에 서 있는 것이 점점 두렵게 느껴졌다.

신임 감독인 노우진과 유현식의 시선이 부딪혔다. 감독석에 조용히 앉아 있는 노우진은 마치 남의 집 불구경하듯 편안한 표정으로 경기를 지켜보고 있었다.

"대체 뭘 하자는 거야?"

선발투수의 뒤를 받쳐줄 불펜 투수들이 몸을 푸는 모습이 보이지 않았다. 어서 마운드에서 끌어 내려주기를 기다리고 있던 유현식의 얼굴이 보기 흉할 정도로 일그러졌다.

3볼 1스트라이크.

초구로 던진 유인구, 아니, 유인구인지도 확실치 않았다. 제대로 제구가 되지 않은 것으로 보이는 유현식의 초구에 방망이를 헛돌렸던 타자는 벤치의 지시가 있었던 듯 타석에 서서 공을 지켜보기만 했다.

그 사이 유현식이 던진 세 개의 공은 스트라이크 존과 한참 먼 곳으로 들어왔다.

"저기, 감독님!"

우진이 가쁜 숨을 내쉬고 있는 유현식을 바라보고 있을 때, 투수 코치가 더 참지 못하고 곁으로 다가와 조심스럽게 입을 열었다.

"왜 그러시죠?"

"불펜 투수를 준비시킬까요?"

"아니요."

우진이 단호한 목소리로 대답하자, 투수 코치의 눈동자가 흔들렸다. 그리고 우진의 대답을 듣고도 돌아가지 않고 서 있던 투수 코치는 다시 의견을 제시했다.

"하지만 감독님. 더는 무리인 것 같습니다. 현식이는 투구 수도 100개에 가까워졌고, 평정심도 잃었습니다. 이쯤에서 바꾸는 편이 좋을 듯합니다."

그라운드에 서 있는 유현식만 바라보고 있던 우진이 그제야 투수 코치를 향해 고개를 돌렸다.

까무잡잡한 투수 코치의 표정에는 마치 물가에 어린아이를 내놓은 부모처럼 초조함이 묻어 있었다. 그리고 더그아웃에 남아 있던 선수들과 코치들도 모두 자신을 바라보고 있다는 사실을 깨달은 우진이 천천히 입을 열었다.

"늘 이런 식이었습니까?"

"네? 무슨 말씀이신지……?"

"투구 수가 100개에 가까워져서, 제구가 안 돼서, 실점 위기에 몰려서, 평정심을 잃어서. 이런 갖은 이유로 투수를 바꿔줬습니까?"

"그건……."

"팀의 에이스에 대한 예우가 너무 박했던 것 아닙니까?"

"네?"

더그아웃 안은 바늘 떨어지는 소리도 들릴 정도로 적막이 흘렀다. 선수들과 코치들은 우진의 목소리에 잔뜩 귀를 기울이고 있었고, 투수 코치는 당황한 표정을 감추지 못하고 있었다.

"어려움에 처했을 때 스스로 해결하고 마운드에서 내려오도록 기다려주는 게 팀의 에이스에 대한 예우 아닙니까? 이런저런 이유로 본인의 의지와 상관없이 내리는 건 에이스에 대한 예우가 아닙니다."

"그렇지만……."

"마운드로 올라가세요."

"네? 네!"

"가서 분명히 전하고 오세요. 교체는 없다고."

우진이 딱 잘라 말하자, 투수 코치도 더 고집을 피우지 못했다. 어깨를 축 늘어뜨린 채 마운드로 걸어 올라가는 투수 코치의 등을 바라보던 우진이 마운드 위에 서 있는 유현식을 살폈다.

긴장감과 부담감을 이기지 못하고 잔뜩 위축되어 있는 유현식은 어서 불펜 투수에게 공을 넘겨주고 싶어서 안달이 나 있었다.

그러나 우진은 그 간절한 시선을 외면했다. 투수 코치가 전한 말을 들은 유현식의 낯빛이 붉게 달아오르는 것이 보였다.

화를 삭이지 못하고 마운드에서 한참을 씩씩거리던 유현식은 어서 경기를 재개하라는 심판의 재촉을 듣고서야 와인드업을 했다.

퍽. 평정심을 완전히 잃은 유현식의 공은 타자의 엉덩이를 맞혔다.

0 : 2.

볼넷에 이은 사구로 또 한 점의 실점을 허용한 유현식은 금방이라도 울듯한 표정으로 바뀌어 있었다.

그러나 우진은 불펜 투수를 준비시키지 않았다. 무늬만 에이스인 유현식이 진짜 에이스로 거듭나도록 만들기 위해서는 꼭 거쳐야 하는 과정이라는 확신이 있었기 때문이었다.

"제기랄!"

유현식이 거칠게 욕설을 내뱉었다. 중계 카메라에 욕설을 내뱉는 장면이 잡힐까 봐 신경이 쓰이긴 했지만, 도저히 참을 수가 없었다.

'에이스에 대한 예우? 스스로 책임을 지라고?'

유현식이 더그아웃에 앉아 있는 노우진을 매섭게 노려보았다. 말은 번지르르했다. 그러나 궤변에 불과했다.

만약 자신을 진짜 에이스로 예우하고 대접한다면, 마운드 위에 더 내버려 두지 않고 서둘러 불펜 투수를 준비시켜 올려야 했다.

얼마 전 경질된 전임 감독은 그런 식으로 에이스 대우를 해주었었다. 하지만 신임 감독인 노우진은 전혀 그럴 기미가 보이지 않았다.

'왜 저래? 대체 나한테 무슨 억하심정이 있는 거야?'

투수 교체 타이밍을 잡을 생각은 않고 감독석에 앉아서 자신만 바라보고 있는 노우진을 노려보던 유현식이 손에 들린 로진백을 힘껏 움켜쥐었다.

자꾸 반감이 생겼다. 교체를 해주지 않는 것 때문에만 불만이 생긴 게 아니었다.

갑자기 선발 로테이션을 바꾸어 다음 경기 선발로 예정되어 있던 자신을 억지로 마운드에 올린 것부터 마음에 들지 않았다. 지금 노우진의 행동은 마치 자신에게 억하심정이 있어서 화풀이를 하는 것처럼 느껴졌다.

"내가 가만히 있을 것 같아?"

유현식이 로진백을 바닥에 던졌다.

오늘 일은 절대로 순순히 넘어가지 않을 것이라 결심했지만 그건 차후의 문제였다. 우선은 마운드 위에서 대위기를 넘기는 것이 중요했다.

"더 실점하면 안 돼!"

이번 시즌은 어느새 막바지로 접어들고 있었다. 5일을 쉬고 6일 간격으로 등판을 한다고 가정했을 때, 선발투수로 마운드에 오를 수 있는 기회는 오늘을 포함해서 네 번가량이었다.

현재까지 9승을 올렸으니, 네 번의 기회 중 두 번만 승리 투수가 돼도 작년과 같은 11승을 올릴 수 있었고, 한 번만 승리 투수가 된다고 해도 10승으로 두 자릿수 승 수를 쌓을 수 있었다.

그리고 두 자릿수 승 수만큼 중요한 것이 바로 방어율이었다.

얼마나 많은 승 수를 쌓는가 여부는 실력 못지않게 운도 작용을 했다. 투수의 컨디션이 좋지 않은 날에도 타선이 폭발하는 날에는 승리 투수가 될 수 있었으니까.

하지만 방어율은 달랐다. 운과는 상관없이 오직 투수의 실력만이 방어율을 좌지우지했다.

그래서 방어율은 투수의 자존심이었고, 연봉을 결정하는 데도 큰 역할을 했다.

9승 8패 방어율 3.95. 이번 경기 전까지 유현식의 기록이었다.

3점대 방어율은 유현식에게 자존심이었고, 그래서 어떻게

든 지키고 싶었다.

그러나 이번 경기로 인해서 3점대 방어율이 깨질지도 모를 위기에 처했고, 그래서 더 이상의 실점을 최소한으로 막아야 했다.

노우진으로 인해 치미는 분노를 애써 억누르며 유현식이 와인드업을 했다.

펑. 초구로 직구를 던졌지만, 심판의 손은 올라가지 않았다. 2구 역시 바깥쪽 직구를 던졌지만, 이번에도 볼로 판정됐다.

2볼 노 스트라이크.

순식간에 볼카운트가 불리하게 몰리자, 유현식의 표정이 굳어졌다. 벌써 볼넷과 사구로 2실점을 한 상황이었다. 또다시 볼넷으로 허무하게 실점을 할 수는 없는 노릇이었다.

크게 숨을 들이킨 유현식이 오늘 가장 제구가 잘되는 편인 체인지업을 홈플레이트 한가운데로 던졌다.

타앙. 마치 체인지업을 노리고 있었던 것처럼 타자의 방망이가 힘껏 돈 순간, 유현식의 눈앞이 캄캄하게 변했다.

제대로 걸렸다. 타이밍은 완벽했고, 방망이 중심에 정확히 맞았다.

'만루 홈런!'

악몽 같은 순간을 떠올리며 유현식이 재빨리 고개를 돌렸다. 예상대로 타자가 친 공은 쭉쭉 뻗어가고 있었다.

머리 위로 날아가고 있는 공을 열심히 쫓고 있는 좌익수를 바라보던 유현식이 제발 넘어가지 않기를 간절히 바라며 백업을 위해 몸을 돌려 홈으로 달릴 때였다.

와아!

요란한 함성이 터져 나왔다. 그 함성으로 인해 다리에 힘이 풀렸다. 결국 만루 홈런을 맞았다는 것을 깨닫고 고개를 돌렸던 유현식이 두 눈을 크게 떴다.

3루 베이스 근처까지 도착했던 2루 주자가 갑자기 몸을 돌려서 2루를 향해 돌아가기 시작했다.

'왜 돌아가는 거지?'

뭔가 이상함을 느낀 유현식이 공이 날아가던 방향으로 시선을 던지자, 펜스에 부딪히며 쓰러졌던 좌익수가 벌떡 일어나 공을 던지는 것이 보였다.

공을 건네받은 유격수가 주자들을 견제한 후 좌익수를 향해 엄지손가락을 치켜드는 것까지 확인한 유현식은 비로소 어떤 상황인지 깨달을 수 있었다.

좌익수의 호수비.

펜스에 강하게 부딪히면서 좌익수는 타구를 잡아냈고, 그 호수비에 관중들이 환호를 보낸 것이었다.

3루 주자가 홈으로 들어오는 것은 막을 수 없었지만, 최악의 경우에는 4실점을 할 뻔했던 것을 단 1실점으로 막은 것이었다.

게다가 아웃 카운트도 하나 늘렸고. 전혀 기대하지 않았던 수비의 도움을 받고 나서 유현식이 다시 마운드로 돌아왔다.

'기대도 될까?'

타석에서도, 수비에서도 영 미덥지 않은 모습만 보였던 동료들이었다. 그래서 머저리 같은 놈들이라며 욕을 하기도 했었다. 그러나 이번 호수비로 인해 그 생각이 조금 바뀌었다.

'조금은 수비수들을 믿고 던져도 되지 않을까?'

유현식이 혀를 내밀어 바싹 말라 버린 입술을 훑었다. 나약한 마음을 먹는 것 같아 기분이 상했지만, 달리 선택의 여지가 없었다.

지금은 제구가 급격히 흔들리며 스트라이크를 던지는 것조차 어려워진 상황이었다.

이런 상황에서 삼진으로 아웃 카운트를 잡겠다는 건 욕심이었다. 포수도 비슷한 생각을 하고 있는 듯, 한가운데 직구를 요구했다.

"나도 모르겠다!"

포수의 사인을 확인하고 고개를 끄덕인 유현식이 와인드업을 한 후 공을 뿌렸다.

딱. 타자는 초구부터 자신 있게 방망이를 휘둘렀다.

그런데 왜일까? 말 그대로 한가운데로 들어간 밋밋한 직구였음에도 불구하고, 타자의 배트가 밀리는 듯한 느낌이 들었다.

타구는 1루수 정면으로 빠르게 굴러갔고, 침착하게 공을 잡은 1루수는 베이스를 찍고 2루로 공을 던져 병살 플레이를 만들어 냈다.

영원히 끝나지 않을 것처럼 느껴졌던 길고 길었던 5회 초는 비로소 끝이 났고, 유현식은 그토록 내려오고 싶었던 마운드에서 스스로 걸어 내려왔다.

더그아웃으로 들어오며 살피자, 노우진은 가타부타 말없이 팔짱을 끼고 감독석에 앉아 있었다. 그 태평한 모습이 가뜩이나 뜨겁게 달궈져 있던 유현식의 가슴에 불을 질렀다.

"빌어먹을!"

철퍼덕.

더그아웃에 들어오자마자 유현식이 방망이를 힘껏 집어던지며 바닥에 있는 쓰레기통을 걷어찼다. 그럼에도 불구하고 분은 쉽게 풀리지 않았다. 더그아웃의 분위기가 순식간에 차갑게 가라앉았을 때, 노우진이 처음으로 입을 열었다.

"준비해!"

'준비?'

무슨 뜻인지 말귀를 알아들을 수 없었다. 그래서 노우진을 빤히 바라보고 있다가, 비로소 불펜에서 몸을 풀고 있는 선수가 없다는 사실을 깨달았다.

"지금 6회에도 던지란 겁니까?"

"그래. 선발투수, 그것도 팀의 에이스가 최소한 6회까지는 책임져야지. 퀄리티 스타트를(6이닝 3실점 이하의 투구) 하고 내려와."

딱히 틀린 말은 아니었다. 선발투수라면, 그것도 팀의 에이스라면 가능한 오랫동안 마운드에서 버텨주는 능력이 필요했다.

실제로 한 시즌 동안 얼마나 많은 이닝을 소화하는가도 선발투수로서의 능력을 가늠하는 중요한 잣대 중 하나였다. 그러나 그것도 상황에 따라서였다.

"제 투구 수가 몇 개인지 모릅니까? 벌써 백 개가 넘었습니다."

"그 정도는 나도 알아."

"그런데 더 던지란 겁니까?"

"던져."

기가 막혀서 말문이 막혔다. 그래서 아무런 대꾸도 못 하고 있는 사이, 노우진이 적막함이 감돌고 있는 더그아웃에 흐르던 침묵을 깨뜨렸다.

"한계 투구 수를 누가 정한 건데? 한계 투구 수는 투수에 대해 제대로 모르는 놈이 갖다 붙인 허울 좋은 이름일 뿐이야. 마운드에 서서 공을 던지는 투수가 누구보다 가장 잘 알지. 공은 힘이 아니라 정신력으로 던진다는 걸. 다음 이닝까지 막아서 팀의 에이스의 책임감을 모두에게 보여주고 내려와."

유현식이 더그아웃 의자에 주저앉았다. 마음 같아서는 애송이 신임 감독의 멱살을 잡고 주먹이라도 날리고 싶었다. 그러나 감정적으로 대응한다고 해서 달라질 것은 없다는 생각이 들었다.

"아무것도 모르는 애송이라서 그래. 세상 물정 모르고 날뛰다가 금방 잘려 나갈 거야. 그러니까 조금만 참고 버텨."

수석 코치인 정진철이 했던 말을 속으로 되뇌면서 유현식은 간신히 화를 억눌렀다. 신임 감독인 노우진이 부리는 술수에 넘어가서는 안 됐다.

'어디 누가 이기는지 한번 두고 보자고!'

유현식이 이를 악문 채 그라운드를 살폈다. 길고 길었던 5회 초와 달리 5회 말 한성 비글스의 공격은 땅볼 2개와 외야 플라이 하나로 금세 끝났다.

숨을 제대로 고를 시간도 없이 유현식이 점퍼를 벗고 다시 마운드를 향해 걸어 올라갔다. 혹시나 하는 마음에 도중에 고개를 돌려 불펜 쪽을 힐끗 살폈지만, 몸을 풀기 시작한 불펜 투수는 정말 아무도 없었다.

"진짜 무슨 생각을 하고 있는 거야?"

글러브를 벗어서 바닥에 패대기쳐 버리고 싶은 욕구가 무럭무럭 치밀었다.

어느덧 투구 수는 100개를 훌쩍 넘기고 있었다. 원래라면 이미 마운드에서 내려가서 아이스 찜질을 해야 할 시간이었지만, 다시 마운드에 올라와서 공을 뿌려야 한다는 사실이 유현식의 기분을 가라앉게 만들고 있었다.

기분 탓일까? 팔꿈치가 욱씬거리는 듯한 기분이 들었다.

6회 초, 중앙 드래곤즈의 타순은 1번 타자부터 시작이었다.

'가능한 투구 수를 줄이면서 이닝을 마무리해야 해.'

유현식이 속으로 생각하며 공을 뿌렸다.

"스트라이크!"

남은 힘을 모두 쥐어짜내 던진 몸 쪽 직구와 바깥쪽 직구는 모두 스트라이크 판정을 받았다.

노 볼 투 스트라이크. 유현식의 제구가 불안정하다고 판단한 중앙 드래곤즈 코치진의 명령이 있었는지 1번 타자는 방망이를 휘두를 생각도 하지 않고 가만히 지켜보고만 있었다.

하지만 볼카운트가 몰리자, 좀 더 적극적으로 스윙을 하기 시작했다.

틱. 유인구로 던진 슬라이더는 커트가 됐고, 타자의 헛스윙을 유도하기 위해서 던진 커브에는 속지 않았다.

선구안이 좋기로 소문이 난 타자답게 쉽게 속지 않고 끈질기게 물고 늘어졌다. 커트성 파울 세 개가 연달아 이어졌고, 원 바운드성으로 낮게 깔려서 들어간 슬라이더에는 역시 속지 않았다.

2볼 2스트라이크.

유현식이 소매로 이마에 맺힌 굵은 땀을 훔쳤다. 어느덧 1번 타자와 승부를 하느라 8개의 공을 던졌고, 투구 수는 계속 늘어나고 있었다. 승부를 더 길게 가져갈 수 없다고 판단한 유현식이 혼신의 힘을 다해서 승부구를 던졌다.

바깥쪽 슬라이더. 거의 완벽하게 제구된 공이 포수의 미트로 빨려 들어가려는 순간, 타자의 방망이가 힘껏 돌아갔다.

따악. 힘을 실어서 당겨 쳤다면 평범한 땅볼로 이어졌겠지만, 출루율이 좋은 1번 타자는 손에서 힘을 빼고 절대로 밀어서 공을 받아쳤다.

2루수가 점프를 하며 글러브를 내밀었지만, 타구와의 거리는 한참 떨어져 있었다. 2루수의 키를 살짝 넘긴 타구는 안타로 이어졌고, 공 아홉 개를 던지고서도 안타를 얻어맞고 나자 유현식은 맥이 탁 풀렸다.

"빌어먹을!"

유현식이 불펜 쪽을 살폈지만, 여전히 몸을 푸는 투수는 보이지 않았다. 어깨가 무거워졌다. 욱씬거리던 팔꿈치의 통증도 더욱 심해졌다.

'이러다가 부상당하는 거 아냐?'

이미 한계 투구 수는 훌쩍 넘어선 상황.

부상의 악령이 찾아올지도 모른다는 두려움이 유현식을 잠식하기 시작했다.

수술에 이은 기나긴 재활이 주는 고통과 부상에 따른 연봉 삭감까지 머릿속에 떠오른 순간, 유현식은 몸에서 피가 모조리 빠져나가는 듯한 기분이 들었다.

후우.

길게 한숨을 내쉬며 더그아웃을 노려보던 유현식이 어깨에서 힘을 뺐다. 승리와 방어율도 중요했지만, 가장 중요한 것은 부상을 당하지 않는 것이었다.

무리한 전력투구는 부상을 유발할 거라는 계산이 선 유현식은 몸에서 힘을 뺀 채 공을 뿌리기 시작했다.

파앙.

2번 타자에게 초구로 던진 공은 한가운데 직구였다. 제구를 할 여력도 없었고 유인구를 던질 여유도 없었다.

칠 테면 치라는 식으로 던진 공이었지만, 2번 타자는 방망이를 든 채 바라보기만 했다.

"치라고. 왜 안 치는 거야?"

119구. 지금 유현식의 머릿속을 채우고 있는 것은 오직 투구 수뿐이었다. 다시 한가운데 직구를 던지기 위해서 와인드업을 하며 몸에서 힘을 뺐다.

아니, 일부러 뺀 것이 아니라 힘이 남아 있지 않았다. 팔꿈치에 무리가 가지 않도록 신경 쓰다 보니, 자연스럽게 공을 놓는 릴리스 포인트가 앞으로 당겨졌다.

슈아악.

손끝에서 공이 떠나는 순간, 유현식은 이상한 기분을 느꼈다.

따로따로 떨어져서 놀고 있던 투구폼이 마치 물이 흐르는 것처럼 유연해지면서 모두 연결되어 있다는 느낌이랄까? 그러나 그 느낌은 오래가지 못했다.

따아악.

유현식이 그토록 바랐던 대로 타자가 2구를 받아쳤다. 거의 완벽한 타이밍에 걸렸기에 장타를 예상하고 천천히 고개를 돌렸던 유현식의 눈에 이상한 광경이 들어왔다.

쭉쭉 뻗어나가는 타구를 잡기 위해서 펜스 쪽으로 달려가야 할 중견수가 그 자리에 멈춰서 있었다.

'홈런인가?'

워낙 잘 맞은 타구라 중견수가 포기한 거라고 판단한 순간, 중견수가 두세 걸음 앞으로 움직이며 글러브를 들어 올렸다.

그리고 그 글러브 속으로 공이 빨려 들어가는 것을 바라본 유현식이 고개를 갸웃했다.

'빗맞은 건가?'

잠시 의아한 생각이 깃들었지만, 유현식은 이내 고개를 흔들어 그 생각을 지웠다. 지금 중요한 것은 투구 수와 부상뿐이었다. 어쨌든 타자의 실수로 아웃 카운트를 하나 잡은 것이 위안이 됐다.

다음은 3번 타자. 막강 화력을 자랑하는 중앙 드래곤즈의 클린업트리오로 이어졌다. 평소였다면 신중하게 제구를 하며 수 싸움을 했겠지만, 이번만큼은 달랐다. 유현식은 3번 타자에게도 한가운데 직구를 던졌다.

슈아악.

조금 전 잠시 느꼈던 자연스러움은 이번에도 느껴졌다. 그리고 공격 성향이 강한 3번 타자는 망설이지 않고 방망이를 휘둘렀다.

따악.

방망이에 맞자마자 공이 허공으로 높이 솟구쳤다. 하지만 유현식의 예상과 달리 공은 전혀 뻗지 못했다. 까마득하게 솟구친 공을 잡기 위해 콜을 외치며 유격수와 2루수가 달려들었다.

중력을 이기지 못하고 아래로 떨어진 공은 포구 위치를 잡고 한참을 기다린 유격수의 글러브로 들어갔다. 하지만 굳이 잡을 필요도 없는 공이었다.

이미 인필드 플라이 아웃(Infield fly out), 즉 공을 잡지 않아도 아웃이라고 심판이 선언한 상황이었다.

'왜지?'

한가운데로 던진 직구였다. 경기 초반에는 전력투구를 했지만, 지금은 힘을 빼고 던졌으니 말 그대로 실투라 불러도 손색이 없었다.

그러나 3할에 가까운 타율을 기록한 중앙 드래곤즈의 3번 타자가 친 공은 내야를 벗어나지 못했다. 그리고 이해가 가지 않는다는 듯 연신 고개를 갸웃거리며 더그아웃으로 걸어 들어가고 있었다.

기분이 묘했다. 어떤 깨달음을 위한 끈은 잡았는데, 그 끈이 워낙 가늘어 제대로 이어지지 않는 느낌이랄까? 아까까지 투구 수에 대한 생각으로 가득 찼던 머릿속이 혼란스러워졌을 때, 4번 타자가 타석에 들어섰다.

붕. 붕.

위협하듯 바람 소리를 내며 방망이를 휘두르는 외국인 타자 고메즈를 바라보던 유현식이 다시 한가운데 직구를 던졌다.

포수 파울플라이.

중앙 드래곤즈의 4번 타자이자 리그 홈런 4위를 기록하고 있는 외국인 타자인 고메즈는 초구에 방망이를 힘껏 휘둘렀다가 포수 뜬공으로 맥없이 물러났다.

끈질긴 승부 끝에 선두 타자가 안타로 출루하며 무척 길어질 것처럼 보였던 6회 초 수비는 금세 끝났다. 감독석에 앉아서 경기를 지켜보던 우진이 마운드에서 걸어 내려오는 유현식을 유심히 살폈다.

6이닝 3실점, 투구 수 122개.

퀄리티 스타트를 했으니 유현식은 선발투수로서 제몫을 다하고 내려오는 셈이었다. 그리고 유현식의 표정은 5회 초 수비를 마치고 내려올 때와는 사뭇 달랐다.

분한 기색을 감추지 못하고 글러브를 바닥에 내팽개치고 쓰레기통을 걷어차던 것과 달리, 차분한 기색이었다. 더그아웃 구석에 걸터앉은 그는 아이싱도 하지 않은 채 골몰히 생각에 잠겨 있었다.

"알아챘을까?"

우진의 입가에 희미한 웃음이 떠올랐다. 유현식은 지금도 좋은 투수였다. 하지만 전에도 말했지만 우진이 보기에는 지금보다 훨씬 더 좋은 투수가 될 자질이 충분했다.

유현식이 한 단계 더 성장하기 위해서는 알을 깨고 나오는 것이 중요했다. 그리고 그 알을 깨고 나오는 것은 본인의 몫. 우진이 감독으로서 할 수 있는 것은 한 단계 더 성장하기 위한 과정인 스스로의 한계를 깨닫도록 만들기 위해서 비난을 감수하고 극약 처방을 내려주는 것뿐이었다.

"아직 시간이 더 필요하겠지."

공을 쥔 채 고개를 푹 떨구고 있는 유현식을 바라보던 우진이 시선을 돌렸다.

0 : 3

중앙 드래곤즈의 강타선을 맞이해서 유현식은 자신이 할 몫을 충분히 하고 내려왔다.

야구는 투수 놀음이란 속설이 있지만, 결국 승부를 결정짓기 위해서는 점수는 내는 것이 필요했다.

이번 경기를 이기기 위해서는 남은 네 번의 공격 기회에서 최소한 4점을 뽑아야 했고, 그건 타자들의 몫이었다.

한성 비글스의 6회 말 공격은 1번 타자부터 시작이었다. 좌익수를 맡고 있는 1번 타자 고동선은 시즌 타율이 2할 6푼대에 머물고 있었다.

테이블 세터진이라고 불리는 1번 타자치고는 타율도 낮았고, 출루율도 높지 않았다.

선구안도 좋지 않았고, 타격 센스도 별로였지만, 고동선에게도 장점은 있었다. 리그에서도 손꼽히는 넓은 수비 범위를 자랑할 정도로 발이 빨랐다.

고동선이 타석에 들어서기 전, 중앙 드래곤즈는 수비 시프트를 사용했다.

고동선이 평소에 당겨치는 타법을 사용한다는 것을 알았기 때문에, 2루수가 거의 2루 베이스에 붙어 있는 것을 확인한 우진이 작전을 고민하고 있을 때, 고동선이 의외의 선택을 했다.

툭. 데구르르.

고동선은 초구로 들어온 직구를 놓치지 않고 1루 쪽으로 기습 번트를 갖다 댔다. 하지만 번트 타구의 강약 조절에 실패한 탓에 공이 굴러가는 속도가 너무 빨랐다.

타다다닷.

번트를 대자마자 고동선은 1루를 향해 달리기 시작했고, 선발투수인 곽주원이 번트 수비를 위해 대시했다. 제대로 공을 잡아서 던지기만 한다면 무난한 아웃 타이밍.

그러나 예기치 못한 변수가 발생했다.

글러브를 사용해서 잡아도 될 공이었지만, 곽주원은 글러브를 끼지 않은 오른손으로 공을 잡았다.

하지만 공에는 회전이 걸려 있었고, 곽주원은 한 번에 공을 잡지 못하고 바닥에 떨어뜨린 후 공을 더듬었다. 간신히 공을 집는데 성공했지만, 곽주원은 1루로 공을 뿌려보지도 못했다.

실책으로 인해 무사 1루.

뜻밖의 기회가 찾아왔지만, 점수는 3점 차였다. 우선은 주자를 루상에 모아놓는 것이 필요했고, 우진은 작전을 내리는 대신 팔짱을 꼈다.

이번 경기는 감독 부임 후 첫 경기. 아직 선수들에 대한 파악이 끝나지 않은 상태였다.

우진은 일단 선수들에게 맡기고 경기를 지켜보기로 판단했다.

따앙.

2번 타자인 장기형은 초구를 때렸고, 공은 크게 바운드를 튀기며 2루수 앞으로 향했다. 테이블 세터진답게 철저한 팀 배팅 덕분에 1루 주자였던 고동선은 2루까지 진루했다.

1사 2루, 3번 타자인 최익성은 장타력이 있는 타자였다. 그것을 의식한 탓인지 곽주원은 신중하게 투구했다.

풀카운트까지 대결은 이어졌고, 마지막 공으로 곽주원은

포크볼을 던졌다.

승부구. 최익성이 휘두른 방망이는 도중에 멈췄고, 심판의 손은 올라가려다가 그대로 멈추었다.

볼넷으로 인한 1사 1, 2루.

홈런 하나면 동점까지 가능해진 상황으로 변했다. 그리고 다음 타자는 한성 비글스 팀의 4번 타자인 장태준이었다. 대기 타석에서 있는 힘껏 방망이를 휘두르며 연습 타격을 하고 있는 장태준을 지켜보던 우진이 잠시 망설였다.

'교체할까?'

장태준은 분명히 장타력을 갖춘 홈런 타자였다. 하지만 지금 잔뜩 힘을 실은 채 돌리고 있는 방망이에는 전혀 매서운 맛이 없었다.

곽주원이 실투를 던지지 않는다면 아마 제대로 맞추는 것조차 힘드리라. 게다가 장태준은 발도 느렸다. 장타가 나오지 않고 땅볼이 나온다면 더블 플레이로 이어질 확률이 너무 컸다.

"일단은 지켜보자!"

우진은 대타를 내고 싶은 마음을 꾹 눌러 참았다. 그 이유는 팀의 4번 타자인 장태준을 빼고 대타를 세운다면 후폭풍이 적지 않을 거라는 계산이 섰기 때문이었다.

그래서 팔짱을 낀 채 지켜보고 있자, 장태준은 커다란 엉덩이를 씰룩거리며 걸어가 타석에 섰다.

초구는 커브. 타이밍을 전혀 잡지 못한 장태준의 방망이는 크게 헛돌았다.

2구는 바깥쪽 직구. 장태준의 방망이가 다시 돌았고, 공의 속도를 따라가지 못한 방망이가 밀리며 1루 측 관중석에 떨어지는 파울이 됐다.

노 볼 2스트라이크.

타자인 장태준에게 절대적으로 불리한 볼카운트가 됐다.

다음 공은 100퍼센트 유인구가 들어올 것임을 누구나 알 수 있는 상황이었지만, 장태준은 이번에도 방망이를 휘둘렀다.

바깥쪽으로 빠져나가는 원 바운드성 슬라이더에 쫓아간 방망이가 가까스로 공에 스치며 파울이 선언됐다.

팡팡.

곽주원이 아쉬운 마음에 주먹으로 글러브를 때리는 것을 바라보던 우진도 아쉬움을 감추지 못하고 껌을 씹는 속도가 빨라졌다.

"차라리 삼진으로 끝났으면 좋았을 것을!"

방금 전 곽주원이 던진 슬라이더는 공이 손에서 떠나는 순간, 이미 볼이라는 것을 알 수 있었을 정도였다.

그렇지만 장태준은 원 바운드성 공을 쫓아가며 방망이를

휘두를 정도로 형편없는 선구안과 타격감을 선보였다.

홈런을 치겠다는 욕심 때문에 몸에 잔뜩 힘이 들어가 있는 장태준의 상태를 봐서 좋은 타구가 나올 확률은 거의 없었다.

타앙.

우진의 걱정은 기우로 끝나지 않았다. 곽주원이 타자 무릎 근처에 형성되는 몸 쪽으로 바싹 붙인 직구에 장태준은 기다렸다는 듯이 방망이를 휘둘렀고, 땅볼이 된 타구는 빠르게 굴러가 유격수의 글러브로 쏙 들어갔다.

1루 주자가 필사적으로 슬라이딩을 해서 2루수의 송구를 방해하려고 애쓰는 모습이 안쓰럽게 느껴질 정도로 장태준의 발은 느렸다.

두툼한 뱃살을 출렁이며 뛰는 장태준이 1루 베이스에 도착하기 한참 전에, 2루수가 송구한 공은 이미 1루수의 글러브로 들어가 있었다.

더블 아웃.

다시 찾아오지 않을 것 같은 좋은 기회는 무산됐고, 병살로 기회를 날린 장태준은 싱글싱글 웃으며 더그아웃으로 걸어 들어왔다.

"타구 방향이 안 좋았어!"

우진이 변명 같지도 않은 변명을 꺼내놓으며 헤벌쭉 웃는 장태준을 지그시 노려보았다. 장태준은 대수롭지 않게 말했지만, 이번 더블 플레이로 인해서 쫓아갈 수 있는 분위기가 착 가라앉아 버렸다.

즉, 팀의 4번 타자인 장태준이 이번 경기를 망쳐 버린 셈이었다.

우진이 그라운드가 아닌 관중석 가운데 위치한 구단주 관람석으로 시선을 던졌다. 마침 망원경까지 든 채로 경기를 지켜보고 있는 강균성을 확인한 우진이 쓰게 웃으며 혼잣말을 꺼냈다.

"더 보실 필요 없겠네요. 데뷔전은 패했으니까."

Chapter 7

1 : 5

우진의 예상대로 경기는 한성 비글스의 패배로 끝이 났다.

한성 비글스의 허약한 중간 계투진은 7회와 8회에 각각 한 점씩 두 점을 더 실점했고, 우진의 데뷔전을 영봉패에서 구해 준 것은 아이러니하게도 6회에 병살 타구를 쳐서 경기의 분위기를 망친 장태준이었다.

장태준은 경기의 승패가 이미 결정난 9회 1사 주자 없는 상황에 솔로 홈런을 터뜨렸다.

무기력한 경기.

평소 한성 비글스가 보여주었던 패배의 공식을 그대로 답습한 경기였다.

원래라면 패장인 우진에게 아무도 관심을 기울이지 않았겠지만, 오늘은 우진의 데뷔전이었기에 조금 상황이 달랐다. 우르르 몰려든 기자들에게 금세 둘러싸인 채 우진은 질문 세례를 받기 시작했다.

"데뷔전에서 패했는데 기분이 어떠십니까?"

우진이 슬쩍 미간을 찌푸렸다. 경기에 패하고 기분 좋은 감독은 세상에 없었다.

하물며 오늘은 우진의 감독 데뷔전이었다. 데뷔전을 패했으니 당연히 기분이 좋을 리 없었다. 이런 함량 미달의 질문을 던진 기자를 노려보던 우진이 억지로 입가에 미소를 머금었다.

"자, 이제 긴장은 어느 정도 풀린 것 같으니 아침부터 모이느라 피곤했을 기자들을 즐겁게 해주라고."

강균성이 했던 말이 떠오른 순간, 우진은 기자들을 기쁘게 만들어주기 위해서 그들이 원하는 대답을 꺼내놓았다.

"더럽네요."

"네?"

"기분이 더럽다고 했어요."

"아, 네!"

"경기를 져서 기분이 더러운 게 아니라 경기를 너무 못해서, 너무 무기력한 경기를 펼쳐서 기분이 더럽습니다."

살짝 부연 설명을 덧붙이자, 기자들이 다시 질문을 던졌다.

"오늘 경기에 내일 선발투수로 예정되어 있던 유현식 선수를 앞당겨 투입했을 정도로 승리에 집착하셨는데도 불구하고 완패했습니다. 혹시 오늘 선발투수였던 유현식 선수의 투구 수를 기억하십니까?"

"물론 기억합니다. 122개였습니다."

"평소 유현식 선수의 투구 수는 100개 이내였습니다. 그래서 혹사 논란까지 일고 있는데 어떻게 생각하십니까?"

어느 정도 예상했던 질문이었다. 그래서 우진이 침착한 기색을 유지한 채 오히려 되물었다.

"혹사라고 생각하십니까?"

"감독님께서 데뷔전 승리에 집착하시느라 조금 지나쳤다는 생각은 가지고 있습니다."

자신을 물어뜯기 위해서 안달이 나 있는 기자들의 반응을 살핀 우진이 천천히 입을 열었다.

"스포츠 관련 기자분들이니까 그 경기는 아시겠네요."

"어떤 경기를 말씀하시는 겁니까?"

"선동렬 선수와 최동원 선수가 맞붙었던 경기 말입니다. 그 경기에서 두 투수의 투구 수를 합치면 무려 441개였습니다. 두 투수 모두 200개가 넘는 공을 던졌었죠."

영화로도 만들어졌던 전설의 투수 선동렬과 최동원이 맞붙은 경기를 꺼내자 기자의 표정이 살짝 굳어졌다. 하지만 그도 잠시, 이내 반박했다.

"그건 벌써 이십 년 가까이 된 기록입니다. 그리고 당시에는 투구 보호라는 개념이 거의 없던 시절이었습니다. 그때와 지금은 분명히 다릅니다. 대부분의 감독들이 선발투수 보호를 위해서 100개 내외에서 투구 수 조절을 해주는 편입니다. 우리나라만이 아니라 메이저리그도 마찬가지죠."

갑자기 메이저리그 이야기를 들먹이는 안경 낀 기자를 바라보던 우진이 다시 눈살을 찌푸렸다.

"메이저리그와 한국 야구는 다릅니다."

"선수 보호는 필요 없다는 말씀이십니까?"

"그런 뜻이 아닙니다. 제가 생각하는 선발투수는 최소 6이닝을 책임져야 합니다. 그래서 유현식 선수를 6회에도 마운드에 올렸던 겁니다."

"그 말씀은 앞으로도 무리하게 투수 운용을 하시겠다는 걸로 받아들여도 되겠습니까?"

물어뜯을 먹잇감을 한 번 발견한 기자들은 역시 만만치 않았다. 익숙지 않은 환경에서 데뷔전을 치르느라 피곤이 밀려들었다. 마음대로 적으라고 소리치려다가, 도중에 마음을 바꾸어 우진이 힘주어 말했다.

"만약 이걸 무리한 투수 운용이라고 생각한다면, 앞으로도 같은 식의 패턴이 지속될 겁니다."

"정말입니까?"

"투수는… 기계가 아닙니다. 몇 개를 던지는가는 정신력입니다."

우진이 단호한 표정으로 박력 있게 강조하자 기자들이 조금 잠잠해졌다. 이쯤에서 멈춰주면 좋을 텐데, 라고 생각한 순간, 가장 뒤편에 서 있던 기자가 은테 안경 너머 날카로운 눈매를 빛내며 손을 들어 올렸다.

"유현식 선수는 불만을 표시하던데요."

그 말을 듣는 순간, 우진의 입가에 머물러 있던 미소가 흔적도 없이 사라졌다. 설마 했던 일이 벌어졌다. 그것도 너무 빨랐다.

이런 건 게임볼에서는 접해본 적 없는 상황. 그래서 적잖이 당황한 우진이 아랫입술을 지그시 깨물었다.

"선수 본인이 그러던가요?"

"뭐, 그런 셈입니다."

"그래서 앞으로 어떻게 하겠다고 하던가요?"

"네?"

"불만이 있으면 그 불만을 해소할 방법도 말했어야 정상이 아닙니까? 팀 훈련에 불참하거나 트레이드를 요청하거나, 그도 아니면 선발 로테이션을 거른다거나. 어느 쪽입니까?"

"그런 말은… 아직 못 들었습니다."

유현식의 기습 탓에 아찔함마저 느낄 지경이었지만, 우진을 침착함을 유지하기 위해 애썼다. 그리고 본능적으로 느꼈다. 여기서 한 번 물러나면 앞으로도 계속 밀리게 될 것이라는 사실을.

"성함이 어떻게 되시죠?"

"성함이라면… 저 말씀이신가요?"

"네, 기자님요."

"매일스포츠 신문의 박동희 기자입니다."

"매일스포츠 신문의 박동희 기자님!"

우진이 살짝 당황한 듯 은테 안경을 추커올리며 신원을 밝히는 박동희 기자를 노려보며 머릿속에 소속과 이름을 기억해 두었다.

"근데 제 신원은 왜 물으시는 겁니까?"

"유현식 선수와 꽤 친한 것 같은데… 기자님께서 직접 전해 주세요."

"네? 네. 말씀하십시오."

"선발투수로 나와서 6이닝도 책임지지 못할 거면 선발 로테이션에서 빠지라고. 보직은 언제든지 바꿔줄 수 있다고 전해 주세요."

우진의 돌직구가 당혹스러워서일까? 몰려든 기자들 사이로 일순 침묵이 흘렀다. 박동희 기자가 슬쩍 표정을 흐리며 기자들 사이로 몸을 숨기는 것을 확인한 우진이 다시 입을 열었다.

"더 질문하실 게 남았습니까?"

"오늘의 수훈 선수로 누굴 생각하고 계십니까?"

"수훈 선수는 없습니다. 팀이 경기에서 패했는데 수훈 선수가 있을 리 없지 않습니까? 최악의 경기를 한 사람은 지목할 수 있습니다."

"누굽니까?"

"노우진!"

우진이 스스로의 이름을 밝혔다. 예상치 못한 대답에 기자들이 술렁일 때, 우진이 설명하듯 덧붙였다.

"팀이 패배한 모든 책임은 감독에게 있습니다. 그리고 굳이 한 선수를 더 꼽자면… 팀의 주장인 장태준입니다."

"장태준… 이라고요?"

조금 전 질문을 던졌던 기자가 의아한 시선을 던졌다.

"장태준 선수는 최악의 선수가 아니라 수훈 선수가. 아닙니까? 장태준 선수가 솔로 홈런을 쳤습니다. 감독 데뷔전에서 영봉패를 면하게 해줬으니 오히려 장태준 선수에게 고마워해야 하는 것 아닙니까?"

"1 대 5로 지나 0 대 5로 지나 패한 것은 마찬가지입니다. 다음 경기를 생각한다면 차라리 영봉패가 나왔을지도 모르죠. 그리고 장태준 선수는 주장으로서 팀의 분위기를 제대로 추스르지 못했습니다. 또한 팀이 추격할 수 있는 결정적인 순간에 병살타를 쳤죠. 앞으로도 계속 이런 식이라면 장태준 선수의 활용법에 대해서 심각하게 고민해 볼 예정입니다."

"어떤 고민을 말씀하시는 겁니까?"

"타순을 조정할 수도 있고, 대타로 사용할 수도 있습니다. 2군에서 타격감을 조정하는 것도 방법이 될 수 있겠죠."

이 인터뷰 내용을 장태준이 본다면 어떤 반응을 보일까?

가만히 참고 있을 장태준이 아니었다. 우진이 장태준의 반응을 궁금해하는 사이, 기자들도 비슷한 생각인 듯 바쁘게 타자를 쳤다.

"이번 경기 패배로 한성 비글스가 6연패에 빠졌습니다. 다음 경기에서는 승리를 기대해도 될까요?"

"아니요."

"네?"

"지금 팀 전력으로는 승리가 어렵습니다. 한성 비글스의 최다 연패 기록이 얼마였습니까?"

"최다 연패… 기록요? 아마 11연패였던 걸로 기억합니다만."

"그럼 10연패까지는 갈 것 같습니다."

"왜 10연패입니까?"

"내 생각엔 팀의 연패가 더 길게 이어질지도 모르겠다는 생각이 들지만, 무슨 수를 써서라도 최다 연패 신기록을 경신하기 전에 한 번 이겨볼 생각입니다. 만약 최다연패 신기록을 경신하면 절 믿고 선택하신 구단주님께서 너무 실망하실 테니까요."

"감독 취임을 하고 오늘 데뷔전을 치뤘는데 벌써 해임 걱정을 하시는 건가요?"

"씁쓸하지만 그렇습니다. 한성 비글스는 워낙 약팀이니까요. 그리고 프로란… 냉정한 세계니까요."

설령 최다 연패 기록을 경신한다고 해도 강균성이 자신을 해고하진 않을 것이란 확신이 있었다. 우진이 알고 있는 강균성은 한 번 선택한 사람을 쉽게 내치지 않는 스타일이었다. 그러나 우진은 그 생각을 지웠다.

결국 프로야구 감독은 결과로 이야기하는 자리였다. 언제든지 해고될 수 있다는 위기감을 가지고 있어야만, 더욱 절실해질 수 있었다.

강균성의 충고대로 기자들을 무척 즐겁게 만들어 준 우진이 희미하게 웃으며 구장을 빠져나왔다.

감독 데뷔전에서의 패배.

일부러 내색하지 않으려고 애썼지만, 속이 쓰라린 것은 사실이었다. 포장마차에 가서 독한 소주라도 마시고 싶은 욕구가 치밀었지만 우진은 억지로 그 감정을 눌렀다.

소주병을 따기에는 너무 일렀다. 그리고 지금 소주를 마셔 봐야 아무런 위안도 되지 못한다는 사실도 잘 알았다.

주차장에 대기하고 있던 검정색 세단에 올라타자, 강지영이 환하게 웃는 얼굴로 우진을 반겨주었다.

"멋진 감독 데뷔전이었어요."

"지금 비꼬는 거예요?"

"그런 거 아닌데요."

"그럼 패장을 위로해 주려고 그렇게 웃는 거예요?"

우진이 쓰게 웃으며 묻자, 강지영 특유의 시크하고 무표정한 얼굴로 대답했다.

"아직 나에 대해서 잘 모르시네요."

"무슨 뜻인가요?"

"고작 한 번 진 걸 가지고 위로해 줄 정도로 따뜻한 여자는 아니에요."

"듣고 보니 그렇네요."

우진이 더욱 쓰게 웃었다. 여자란 알 수 없는 요물이란 말이 있었다. 평범한 여자의 속내도 파악하기 어려운 판국인데, 우진이 알고 있는 강지영은 평범한 여자와는 거리가 멀었다.

그래서 연애다운 연애 한 번 해본 적이 없는 우진은 일찌감치 강지영에 대해 파악하는 것을 포기했다. 솔직히 말하면 강지영의 마음을 알아내는 것보다, 만년 꼴찌 팀인 한성 비글스를 우승시키는 게 더 쉬울지도 모르겠다는 생각도 종종 들었다.

"그럼 왜 웃는 건데요?"

"사장님과의 내기에서 이겼거든요."

"내기?"

"사장님은 이긴다에 걸었고 난 진다에 걸었죠."

"내기의 조건으로 뭘 걸었는데요?"

"소원 들어주기!"

"소원 들어주기? 무슨 소원이었는데요?"

"그건 비밀. 나중에 적당한 때가 되면 쓸 거예요."

왜일까? 이 말을 꺼내는 강지영의 표정이 살짝 어두워졌지만, 우진은 깊이 고민하지 않았다. 어차피 강지영의 속내를 파악하는 것은 불가능하다 여기고 포기했기 때문이었다.

"2군 연습장으로 가요."

"지금요?"

"네."

"너무 늦었잖아요. 어차피 이 시간에는 아무도 없을 텐데."

"시간이 없어요."

"무슨 시간?"

"최다 연패 신기록을 경신하지 않기 위해서는 바쁘게 움직여야 해요."

우진이 딱 잘라 말했다. 그리고 강지영도 더 고집을 피우지 않고 어깨를 으쓱했다.

2군 경기장과 숙소는 약 30분 거리에 떨어져 있었다. 우진이 어둠으로 물든 창밖으로 시선을 던지고 있을 때, 강지영이 불쑥 물었다.

"운전면허증은 있어요?"

"있어요."

"혹시 사장님이 물어보면 없다고 해요."

"왜요?"

"그래야 계속 같이 이동할 수 있죠."

무슨 뜻일까? 말뜻을 제대로 파악하지 못한 우진이 한참 만에야 입을 뗐다.

"어차피 차 살 생각도 없어요."

"차는 살 필요가 없어요. 사장님이 주실 테니까."

"네?"

"차량뿐만 아니라 한성 비글스 홈구장 근처에 당신의 숙소도 벌써 구해놓으셨어요."

전혀 예상치 못한 뜻밖의 이야기였다. 그래서 빤히 바라보고 있자, 강지영이 밝게 웃으며 덧붙였다.

"지금 사는 집보다 훨씬 좋을 테니까 기대해요."

"그걸 어떻게 알아요?"

"내가 직접 구했거든요."

"아, 네. 그런데 왜 운전면허증은 없다고 말하라는 건가요?"

"그래야 계속 같이 있을 수 있으니까."

우진이 속으로 혀를 내둘렀다. 낯 뜨거운 고백 아닌 고백을 이렇게 아무렇지 않은 얼굴로 툭툭 내뱉는 것이 새삼 당혹스럽게 느껴졌다.

"그렇게 하죠."

어쨌든 우진도 강지영과 함께 있는 것이 나쁘지 않았다. 그래서 별 고민없이 대답하는 사이, 검정색 세단은 2군 경기장인 영산 볼파크에 도착했다.

*   *   *

차르륵. 불판 위에서 두툼한 최고급 한우 등심이 익어갔다. 마블링이 선명하게 드러나는 핏기가 살짝 묻은 한우 등심은 딱 적당히 익었지만, 젓가락질은 시원치 않았다. 고기라면 환장하는 장태준조차도 선뜻 젓가락을 가져가는 대신, 소주잔을 비우기 바빴다.

"뭣들 해? 타기 전에 먹어야지."

한성 비글스 팀의 수석 코치인 정진철이 재촉하고 나서야, 장태준과 유현식이 마지못해 한 점씩 집어먹었다. 분을 이기지 못하고 씩씩대고 있는 두 사람을 살피던 정진철이 소주병을 들어서 비어버린 잔을 채워주었다.

"기분들 풀어. 아직 뭘 몰라서 그러는 거라니까. 게임으로 야구를 배운 놈이 진짜 야구에 대해서 뭘 일마나 알겠어?"

잔뜩 표정이 굳어진 장태준과 유현식을 살피며 비위를 맞춰주던 정진철이 터져 나올 뻔한 웃음을 간신히 참았다.

장태준은 팀의 4번 타자이자 주장이었고, 유현식은 명실공히 팀의 에이스였다.

지금 정진철이 마주 앉아 있는 이 두 명의 선수는 한성 비글스 팀의 투타의 핵심 중의 핵심이었다. 이 두 선수가 빠진 한성 비글스는 감히 상상할 수조차 없었다.

'멍청한 새끼. 진짜 천지 분간도 못 하는 놈이로군!'

고기를 부지런히 뒤집던 정진철이 고개를 절레절레 흔들었다. 만약 자신이 감독이라면 이 두 선수의 자존심을 건드릴 생각은 절대 하지 않았을 것이었다.

그러나 노우진이라는 멍청한 신임 감독은 데뷔전부터 팀의 핵심인 장태준과 유현식의 자존심에 커다란 상처를 안겼다. 장태준과 유현식이 팀에서 미치는 영향이 얼마나 큰지, 그래서 후폭풍이 얼마나 대단할지 계산하지 못했기 때문에 멋모르고 벌인 짓이었다.

"정 코치님!"

"왜? 현식아!"

"감독이 경기 끝나고 인터뷰한 거 보셨죠?"

"그래, 봤지."

"진짜 중간 계투 요원으로 보내려는 건 아니겠죠?"

"너 오늘 경기 아주 좋았어. 잔뜩 독이 오른 중앙 드래곤즈의 강타선을 맞이해서 6이닝 3실점으로 퀄리티 스타트를 기록했잖아. 그렇게 던질 수 있는 투수가 우리 팀에 너 말고 또 누가 있어?"

"……."

"그냥 한번 해본 말일 테니까 신경 쓰지 마."

"하지만……."

"멋도 모르는 주제에 혈기만 넘쳐서 그래. 감독이라고 해서지 맘대로 지껄이면 되나? 감독은 결국 감독일 뿐이야. 경기를 하는 건 선수들이야."

"그렇죠?"

"그럼. 네가 선발 로테이션에서 빠지면 누가 마운드를 책임져? 선수들한테 위압감을 주려고 하는 건가 본데, 정신 나간 짓이야. 내가 장담하지. 곧 후회하면서 보따리를 쌀 거야."

정진철이 어린아이 달래듯 유현식을 위로했다. 그리고 아직 끝이 아니었다. 쓴 소주를 단숨에 들이켠 유현식이 인상을 쓰고 있는 사이, 이번에는 장태준이 불만을 꺼내놓았다.

"수석 코치님!"

"그래, 태준아."

"내가 오늘 경기를 그렇게 못했어요?"

"무슨 소리야? 홈런도 쳤는데."

"그런데 나 때문에 졌다고 감독이 인터뷰한 것 봤어요?"

취기로 인해 살짝 눈이 풀린 장태준이 언성을 높였다. 조용하던 음식점에 고성이 흘러나오자, 손님들의 시선이 몰렸다. 정진철이 사과 대신 손님들에게 살짝 고개를 숙여 양해를 구했다.

장태준과 유현식은 팀의 주축 선수이자 유명인이었다. 내일도 경기가 있는데 술에 취해 흐트러진 모습을 들켜서 좋을 게 없었다. 게다가 한성 비글스 팀이 연패에 빠져 있는 상황이니 더욱 그러했다.

"물론 봤지."

"수석 코치님도 그렇게 생각하세요?"

"아니, 난 생각이 달라. 네가 친 홈런 덕분에 팀이 영봉패를 면했어. 1 : 5로 지느냐, 0 : 5로 지느냐. 야구를 모르는 놈들은 어차피 진 건 마찬가지라고 생각할 수도 있지만 분명히 엄청난 차이야. 다음 경기에 엄청난 영향을 미치거든. 네 홈런 덕분에 팀의 분위기가 살아났지."

"그렇죠?"

"그럼. 팀의 4번 타자의 기를 꺾어놓는 건 감독이 절대 해서는 안 되는 일이야. 아까도 말했지만 진짜 야구에 대해서 아무것도 몰라서 그래. 게임볼이라고 그랬나? 진짜 야구와 아무리 비슷하게 만들었다고 해도 결국 게임일 뿐이지. 게임 속 캐릭터에게 무슨 감정이 있겠어? 선수들은 감정이 있다는 걸 몰라. 그래서 실수하고 있는 거지."

"내 말이 바로 그거라니까요. 우리에 대해서 잘 아시는 수석 코치님이 감독을 맡으셔야 했는데."

혀가 꼬부라진 장태준이 꺼낸 말을 듣던 정진철이 참지 못하고 웃었다. 장태준과 유현식은 연봉으로 3억이 훌쩍 넘는 거액을 받는 스타 플레이어였다.

대중들은 그들을 칭송하며 경외시하지만, 오랜 시간 곁에서 지켜봐 온 정진철은 이들의 진면목에 대해 누구보다 잘 알왔다.

야구를 잘하는, 야구밖에 할 줄 아는 게 없는 덩치만 큰 녀석들.

정진철에게는 고등학교와 중학교에 다니는 아들이 있었다. 아이들을 키우는 것과 이 녀석들을 어르고 달래는 것에서 별반 차이를 느끼지 못할 정도였다.

"조금만 참아. 곧 내가 감독이 될 테니까. 그리고 그때는 내가 너희들에게 최고의 대우를 해줄 거야."

구단주인 강균성은 큰 실수를 했다. 게임 말고는 할 줄 아는 게 아무것도 없는 놈을 감독 자리에 앉혔으니까.

선수들은 이미 감독에 불만이 쌓이고 있었고, 그 불만은 머잖아 불신으로 이어지리라. 그리고 그때는 한성 비글스라는 배는 수면 아래로 침몰하리라. 그때 멋지게 나타나 난파선인 한성 비글스를 구해내는 것이 바로 정진철이 노리고 있는 것이었다.

"자, 일어들 나자고. 2차 가야지."

정진철이 계산서를 집어 들며 장태준과 유현식에게 소리쳤다. 음식점 안 손님들이 비틀거리는 장태준과 유현식에게 싸늘한 시선을 보냈지만, 정진철은 개의치 않았다.

한성 비글스라는 팀이 빨리 난파선이 될수록, 자신이 감독이 되는 시기가 빨라지기 때문이었다.

＊　　　＊　　　＊

위이잉. 타앙. 위이잉, 타앙.

영산 볼 파크를 감싸고 있는 두터운 적막을 깨뜨리는 것은 피칭머신이 돌아가는 소리와 피칭머신에서 쏘아져 나온 공을 때리는 소리였다.

드넓은 연습장 안에서 홀로 타격 연습을 하고 있는 선수를 바라보던 우진이 쓰게 웃으며 말했다.

"그래도 아무도 없지는 않네요. 한 명은 훈련 중이니까."

"싫어하겠네요."

"누가요?"

"재무팀장요."

"왜요?"

"비싼 전기세를 낭비하고 있으니까."

강지영의 이야기를 듣던 우진이 고개를 흔들었다. 강지영뿐만 아니라 야구에 대해 잘 알지 못하는 사람이라면 이런 생각을 하는 것이 당연하리라.

저 선수가 혼자 훈련하느라 드넓은 영산 볼파크의 불이 환하게 켜져 있었으니까. 하지만 우진은 생각이 조금 달랐다.

"낭비가 아니에요."

"왜요?"

"좋은 선수를 키우고 있는 거니까."

"……?"

"굳이 비유를 하자면 2군은 밭이에요."

"밭이요?"

"네, 밭. 농부가 수많은 씨앗을 밭에 뿌리지만 모두 잘 자라는 건 아니죠. 그중에서 상품으로서의 가치가 있는 좋은 작물이 자라는 비율은 높지 않아요. 특히 2군이라는 밭에서는. 그런데 더 어려운 건 단순히 상품 가치가 있는 작물은 쓸모가 없어요. 누구나 탐을 내지 않을 수 없는, 최고의 작물만이 가치를 인정받고 팀에 도움이 될 자원이 되죠."

"그러니까… 밭에 물과 비료를 뿌리는 것은 낭비가 아니라 투자다?"

"2군에 있는 선수들이 모두 1군으로 올라와서 최고의 활약을 할 수는 없어요. 몇 명, 아니, 단 한 명이라도 좋은 선수를 발굴할 수 있다면 그걸로 성공인 거죠."

제대로 말귀를 알아들었을까? 우진이 가만히 바라보는 사이, 강지영이 쉬지 않고 방망이를 휘두르는 선수를 바라보며 다시 물었다.

"저 선수는 어떤 것 같아요?"

"뭐가요?"

"1군으로 올라와서 좋은 선수가 될 것 같아요?"

"물론이죠."

"어떻게 확신해요?"

"자신에게 무엇이 부족한지 알고 있으니까요."

우진이 피칭머신이 공을 쏟아내는 리듬에 맞추어 땀을 뻘뻘 흘리며 쉬지 않고 배트를 휘두르는 선수를 바라보았다.

얼핏 살피기에는 아무 생각 없이 공을 치는 것처럼 보였다. 하지만 조금만 자세히 살피면 그게 아니라는 것을 알 수 있었다.

따악. 따악. 타자가 친 공의 방향은 모두 좌측으로 향했다. 즉, 당겨 치는 것이 아니라 의식적으로 밀어치는 연습을 하고 있는 것이었다.

왼쪽 발을 살짝 내밀며 타이밍을 죽인 채 밀어 친 타구들은 힘이 실린 채 망을 뚫을 정도로 제대로 뻗어나가고 있었다.

"지영 씨가 보긴 어떤 것 같아요?"

"음… 잘생겼네요."

우진이 던진 질문에 강지영이 대답했다. 그리고 그 대답을 들은 우진이 희미하게 고개를 끄덕였다.

한성 비글스 구단주인 강균성의 비서였지만, 강지영은 야구 전문가가 아니었다. 야구와는 몇 걸음 떨어져 있는 그녀에게

이 질문을 던진 이유는 저 선수의 상품성에 대해 알고 싶었기 때문이었다. 그리고 강지영의 대답은 우진을 절반가량 만족시켰다.

187㎝의 키에 근육으로 덮인 탄탄한 체구. 게다가 순둥이처럼 생긴 호남형의 얼굴은 강지영에게 호감을 불러 일으켰다. 그 말인즉슨, 대중들에게 어필할 매력을 갖추었다는 뜻이었다. 그래서 픽 웃으면서도 우진은 따끔하게 경고하는 것을 잊지 않았다.

"관심 꺼요."

"왜요? 혹시……."

"혹시 뭔데요?"

"집착이 심한 남자예요?"

"누가요? 제가요?"

"집착이 심한 남자는 별론데."

"유부남이에요."

"누가요?"

"저 친구. 그래서 관심 끄라고 충고한 거예요."

아쉬운 기색을 감추지 못하고 있던 강지영이 덧붙였다.

"잘 치긴 하는 것 같네요."

"저 친구, 실력도 있고 운도 있네요."

"왜요?"

"마침 감독이 지켜보고 있으니까요."

우진이 희미하게 웃으며 말했다.

인생이란 타이밍이 중요했다. 마침 우진이 신임 감독이 됐고, 마침 저 선수가 우진이 지켜보는 가운데 혼자서 연습을 하고 있는 것은 운의 영역도 작용한 것이었다. 덕분에 저 선수는 험난하고 고독한 2군 생활에서 벗어나 1군에 오를 기회를 잡았다.

물론 기회는 기회일 뿐이었다. 운 좋게 찾아온 기회를 놓치지 않고 잡는 것은 본인의 몫이었다.

"저 선수 이름, 백병우예요. 꼭 기억해 둬요."

"왜요?"

"머지않아 한성 비글스를 대표하는 타자가 될 테니까요."

백병우가 밀어 친 타구가 네트를 강하게 뒤흔드는 것을 바라보던 우진이 발걸음을 돌렸다. 내일 경기를 준비하려면 서둘러 돌아가야 했다.

우진이 한성 비글스 감독으로 부임해 치르는 두 번째 경기의 상대는 심원 패롯스였다. 심원 패롯스는 현재 리그 7위에 올라 있었지만, 4위에 올라 있는 여울 데블스와의 승차는 8게임이나 났다. 남은 경기 수와 심원 패롯스와 여울 데블스와의 전력 차를 감안한다면 가을 야구에 진출하는 것은 물 건너간 것이나 다름없었다.

더그아웃 감독석에 앉은 우진이 원정 팀 더그아웃 감독석에 앉아 있는 심원 패롯스의 감독을 슬쩍 살폈다. 계약 기간 3년, 올해 심원 패롯스의 감독을 맡고 있는 김준수 감독의 표정은 느긋했다.

그라운드의 신사.

경기에서 이기든 지든 상관없이 온화하고 인자한 표정을 짓고 있는 김준수 감독에게 팬들이 붙여준 별명답게 그는 인상이 좋았다.

그리고 이번 시즌이 이대로 끝나더라도 아직 계약 기간이 2년이나 남아 있었고, 팀을 리빌딩하는 과정이라 올해 성적에 미련을 두지 않고 있다는 것이 느긋한 표정에서 느껴졌다. 잠시 망설이던 우진이 자리에서 일어나서 원정 팀 더그아웃으로 걸어갔다.

김준수의 나이는 사십 대 후반. 프로야구계에서는 비교적 젊은 나이였지만 좋은 감독으로 소문이 자자했고, 잠시나마 프로 물을 먹었던 우진에게는 야구 선배이기도 했다.

"잘 부탁드립니다."

우진이 먼저 인사를 건네며 악수를 청했다. 그렇지만 김준수는 나이보다 일찍 희끗하게 변해 버린 머리카락을 쓸어 올렸을 뿐, 악수를 받아주지 않았다. 우진이 민망해진 손을 슬

그머니 거두어들일 때, 김준수가 점퍼에 양손을 꽂은 채 입을
뗐다.

"뉴스 봤네. 게임볼이라고 했던가?"

"맞습니다."

"이거야 쪽팔려서."

"……."

"돈에 눈이 먼 놈들이 구단주를 맡으면서 야구판이 미쳐
돌아가고 있다는 건 진즉에 알고 있었어. 그래도 이건 너무
심하잖아. 야구 게임밖에 할 줄 모르는 놈을 진짜 감독으로
앉힐 줄이야."

영 마뜩찮은 표정을 지은 채 비웃음을 던지고 있던 김준수
는 주머니 속에 꽂아두고 있던 오른손을 꺼내 훠이훠이 휘저
으며 축객령을 내렸다.

어느 정도 예상하고 있었던 반응이었다. 김준수뿐만 아니
라 타 팀의 감독들, 아니, 좀 더 정확히 말하면 현재 프로야구
계에 몸담고 있는 모든 사람들이 우진에게 호의가 아닌 적의
를 품고 있다고 해도 과언이 아니었으니까.

그렇지만 노골적으로 적의를 드러내며 비웃음을 던지는 김
준수의 반응을 확인하고 나니, 슬그머니 오기가 발동했다. 그
래서 그냥 돌아서려다가 도중에 마음을 바꾸었다.

"기대하겠습니다."

"기대? 뭘 기대한단 말이지?"

"탈꼴찌 경쟁."

심원 패롯스는 현재 리그 7위에 올라 있지만, 꼴찌를 달리고 있는 한성 비글스와의 승차는 고작 네 게임에 불과했다. 감독 취임 기자회견에서 탈꼴찌를 올 시즌 목표라고 선언했을 때, 우진이 염두에 두고 있었던 팀들 중 하나가 바로 심원 패롯스였다.

"웃기지도 않는군. 야구판이 그렇게 만만한 것 같아?"

"만만하지 않다는 것을 잘 알고 있습니다. 그리고 그건 김 감독님도 잘 알고 계실 것 같은데요?"

"무슨… 뜻이지?"

"감독님이 맡고 계신 심원 패롯스가 꼴찌인 저희 팀과 겨우 네 게임차로 7위에 올라 있으니까요."

불시에 한 대 얻어맞은 김준수의 얼굴이 일그러졌다. 분위기가 심상치 않음을 느낀 더그아웃 선수들의 표정이 굳어지며 침묵이 흐르기 시작했을 때, 김준수가 버럭 소리를 질렀다.

"쪽팔리지?"

"……."

"……."

"한성 비글스 팀의 초짜 감독님께서 우리와 탈꼴찌 경쟁을 하시겠다고 하는데 뭐 느끼는 것 없어? 오늘 경기 무조건 잡아. 알겠어?"

"네!"

"넵, 감독님!"

일제히 대답하는 심원 패롯스 선수들의 표정에도 결의가 묻어나기 시작했을 때, 김준수가 굳어졌던 표정을 풀며 주머니에 꽂고 있던 오른손을 꺼내서 앞으로 내밀었다.

아까 거부했던 악수를 갑자기 청하는 김준수의 진의를 파악하지 못해 우진이 살짝 당황하고 있을 때, 김준수가 희미하게 웃으며 말했다.

"만약 자네가 내게 찾아오지 않았다면 오늘 경기에서 우리 팀이 질 가능성이 높았어. 동기부여가 될 법한 게 없었으니까. 하지만 자네가 찾아온 덕분에 상황이 180도 달라졌어. 만년 꼴찌 한성 비글스 팀이 우리 팀을 탈꼴찌 상대로 보고 있다? 이 말이 우리 선수들의 자존심에 상처를 남겼고, 무슨 수를 써서라도 이번 경기를 이겨야겠다는 동기부여가 생겼지. 아까 말했던 게임볼이라는 야구 게임에서도 이런 경우가 존재하나?"

우진이 앞으로 내밀어져 있는 김준수의 오른손을 잡았다. 김준수의 손이 무척 따뜻하다고 생각한 순간, 그가 덧붙였다.

"이것이 게임과 현실의 차이네. 그걸 알아채지 못한다면 자네는 머잖아 감독직을 내려놓아야 할 거야."

"충고 감사합니다."

"감사할 것까진 없고. 그라운드에서 상대 팀으로 만나는 감독은 다 적이니까."

희미하게 웃고 있는 김준수를 바라보던 우진은 자신이 착각했다는 사실을 깨달았다. '그라운드의 신사'라는 별명답게 김준수는 무조건적인 비난이 아니라 조언을 곁들이고 있었다.

"왜 제게 충고를 해주시는 겁니까?"

"뭐랄까? 동질감이라고 설명하면 되려나?"

'동질감?'

우진이 이이한 시선을 던지고 있자, 김준수가 설명을 덧붙였다.

"지금이야 동업자 대우를 받고 있지만, 처음 감독이 됐을 때만 해도 나도 이방인 취급을 받았지. 스타플레이어 출신이 아니었으니까."

김준수의 설명을 듣고서 우진이 비로소 말뜻을 이해했다. 현재 국내 프로야구계에서 감독을 맡고 있는 감독들은 대부분 화려한 선수 생활을 경험했던 스타플레이어 출신이었다. 그와 비교하면 김준수의 이력은 특이했다.

야구 명문이라 불리는 대학이 아닌 춘천에 위치한 만석대학교 출신으로, 연습생 신분으로 프로 팀에 입단하긴 했지만 스타플레이어와는 거리가 멀었다.

2군 생활을 전전하다가 은퇴한 김준수는 무작정 일본으로 떠나 그곳에서 갖은 고생을 하며 코치 연수를 받다가 한국으로 돌아와 감독직을 맡았다.

일반적인 감독들과는 다른 코스를 밟은 만큼, 이방인 취급을 받은 것도 이해가 갔다. 한국, 특히 야구계는 다름을 인정하지 않기로 유명했으니까.

"이방인으로서 살아가는 건 쉽지 않았네. 어떻게 극복해야 할지는 자네도 잘 알 테니 어쭙잖은 충고는 그만두지."

김준수의 예상대로 우진도 알고 있었다. 이방인이나 다름없는 자신이 프로야구계에서 살아남을 수 있는 방법은 딱 하나였다.

성적!

우진이 더그아웃으로 돌아와 감독석에 앉았다. 김준수의 충고는 아주 적절했다. 게임볼이 아무리 정교하게 만들어진 게임이라고 해도, 현실과 다른 점은 분명히 존재했다. 방금 전의 일만 해도 마찬가지였다.

게임볼에서는 경기 전에 상대 팀의 감독과 인사를 나누는 법이 없었다. 우진이 조금 전에 김준수를 만나 이야기를 나눈 탓에 심원 패롯스의 선수들에게 동기가 부여되는 식의 사건은 당연히 일어나지 않는 셈이었다.

"충고는 감사히 받아들이겠습니다."

야구는 분위기가 좌우하는 경기였다. 자신이 무심코 한 행동들이 경기장과 선수들의 분위기를 바꿀 수 있다는 것은 초보 감독인 우진이 아직 미처 파악하지 못했던 점이었다. 그래서 생각에 잠겨 있던 우진이 미간을 찌푸렸다.

'술 냄새?'

혹시 착각한 것이 아닌가 했는데. 지금 우진의 코끝을 자극하고 있는 것은 술 냄새가 맞았다. 재빨리 고개를 들어 살피는 우진의 눈에 과음한 기색이 역력한 장태준이 굼뜬 행동으로 글러브를 챙긴 후 그라운드로 걸어 나가는 것이 보였다.

1회 초 수비를 위해서 장태준이 그라운드로 빠져나갔지만, 우진의 코끝을 자극하던 술 냄새는 사라지지 않았다. 어제 선발투수로 경기에 나섰던 유현식이 더그아웃에 남아 있었기 때문이었다.

유현식은 두 눈을 감은 채 비스듬히 벽에 등을 기대앉아 있었다. 그런 유현식의 표정에는 귀찮은 기색이 역력했다.

나는 선발투수다. 어제 경기에서 내 역할을 충분히 했는데 오늘 경기장에 대체 왜 나와 있어야 하는지 모르겠다.

유현식은 숙취로 인해 괴로워하는 표정으로 그렇게 말하고 있었다. 그리고 그 모습이 우진의 기분을 상하게 만들었다.

선발투수의 몫은 경기에 나가서 공을 던지는 것이 전부가 아니었다. 동료 투수가 마운드에 서서 공을 던지는 것을 바라보며 응원하고 조언을 해주는 것도 선발투수의 몫이었다. 하물며 유현식은 팀의 에이스 투수였다.

에이스로서 다른 투수들을 다독이고 분위기를 이끌어가는 것도 유현식의 몫이었는데, 그런 모습은 전혀 찾아볼 수 없었다.

"문제투성이로군."

두 눈을 감고 등을 기댄 채 비스듬히 앉아 있는 유현식을 노려보던 우진이 한숨을 내쉬며 그라운드로 시선을 던졌다. 오늘 한성 비글스 팀의 선발투수는 우완 언더핸드 투수인 김전우였다.

올 시즌 성적은 7승 8패, 방어율 4.89. 다른 팀에서 뛰었다면 5선발도 맡기 힘든 성적이었지만, 한성 비글스에서 김전우는 실질적인 2선발을 맡고 있었다.

마운드 위에 서서 생글생글 웃으며 로진백을 주무르고 있는 김전우를 살피던 우진이 머릿속에 입력되어 있던 그의 데이터를 떠올렸다.

김전우

보직 : 우완 선발투수.

구종 : 직구, 슬라이더. 싱커.

평균 구속 : 직구 139㎞, 슬라이더 125㎞, 싱커 122㎞.

신체 조건 : 신장 176㎝, 체중 75㎏.

수비 능력 : 중.

견제 능력 : 하.

잠재 능력 : 중.

　지난번과 마찬가지였지만, 김전우에 대해 입력된 데이터 가운데 가장 중요한 요소는 잠재력이었다.

　유현식의 경우 잠재 능력은 상(上), 성장할 여지가 충분히 있었다. 그에 반해 김전우의 잠재능력은 중(中)이었다. 즉, 성장이 가능하긴 했지만, 어느 정도 한계가 있는 셈이었다.

　그리고 우진이 김전우의 잠재 능력을 상이 아닌 중으로 판단한 이유는 체격이 작고, 우완 정통파가 아닌 언더핸드 기교파 투수였기 때문이었다.

　물론 그게 다가 아니었다. 김전우에게는 꼬리표처럼 따라붙는 별명이 존재했다.

　새가슴!

심약하기 그지없는 멘탈이 김전우를 한 단계 더 성장해서 좋은 투수가 되는 것을 가로막고 있었다.

"오늘도 기대하긴 힘들겠군!"

마운드에 선 채 생글생글 웃는 김전우의 모습은 여유를 드러내는 것이 아니었다. 우진이 그동안 분석한 결과, 마운드 위에서 불안하면 불안할수록 그 불안함을 감추기 위해서 억지로 웃는 것이었다.

"초반이 중요해!"

김전우처럼 멘탈이 단련되지 않은 투수의 경우, 초반의 경기 흐름이 중요했다. 실제로 지금까지 김전우가 등판한 경기를 살펴보면, 무실점으로 1회를 넘긴 경우에는 대부분 퀄리티스타트에 성공했었다.

"플레이볼!"

심판의 시합 개시 선언이 있고 나서, 김전우가 힘차게 와인드업을 했다. 손이 거의 바닥에 스칠 듯한 지점에서 공이 김전우의 손을 떠났다. 컨디션 조절을 잘한 덕분인지 공을 놓는 릴리스 포인트는 나쁘지 않았다.

"스트라이크!"

심원 패롯스의 1번 좌타자의 무릎 높이로 제구되며 몸 쪽으로 직구가 파고들자 심판의 손이 올라갔다.

136㎞의 직구는 그리 **빠른** 편이 아니었지만, 꿈틀거리는

것이 눈에 보일 정도로 볼 끝이 좋았다. 초구를 살핀 우진이 기대감을 갖고 눈을 빛내고 있을 때, 김전우가 2구를 던졌다.

역시 타자의 몸 쪽으로 파고드는 공. 낮게 깔린 채 타자를 향해 파고들던 공은 홈플레이트 앞에서 갑자기 뚝 떨어졌다. 몸 쪽 공을 노리고 있다가 힘차게 방망이를 휘두르던 1번 타자는 직구가 아닌 싱커가 들어오자 당황한 탓에 무릎이 꺾이며 중심이 무너졌다.

툭. 간신히 방망이에 공을 맞추는 것에는 성공했지만, 제대로 맞은 공은 아니었다. 1루수 앞으로 공은 데굴데굴 굴러갔고, 1루수인 장태준이 여유 있게 처리할 수 있을 정도의 타구였다.

그러나 장태준이 실책을 범했다. 공을 향해 대시하던 장태준의 다리가 꼬였고, 공을 글러브에 넣는 대는 간신히 성공했지만 엉덩방아를 찧고 말았다.

"쯧쯧!"

간밤에 마셨던 술이 아직 덜 깬 것이 틀림없었다. 볼썽사납게 엉덩방아를 찧은 장태준을 바라보며 혀를 끌끌 차던 우진이 인상을 썼다.

차라리 그대로 넘어져 있으면 좋았을 것을. 장태준은 1루로 베이스 커버를 들어온 김전우에게 중심도 제대로 잡지 못한 상태로 공을 던졌다.

엉뚱한 방향으로 날아간 공은 김전우가 쭉 뻗은 글러브 끝을 맞고 방향이 바뀐 채 뒤로 흘렀다. 실책이 발생한 것을 놓치지 않고 발 빠른 1번 타자는 2루까지 여유 있게 들어갔다.

평범한 땅볼이 두 개의 실책이 겹치면서 순식간에 무사 2루로 바뀌어 있었다. 실책을 범한 장태준이 모자를 벗고 멋쩍게 머리를 긁적였고, 김전우의 입가에 머물러 있던 웃음은 더욱 짙어졌다.

감독석에 앉아서 그 일련의 과정을 지켜보던 우진이 팔짱을 꼈다. 마음 같아서는 당장 바꾸고 싶었다. 아니, 게임볼이었다면 멍청한 실책을 범한 장태준과 이미 멘탈이 무너진 김전우를 모두 바꿨을 것이었다. 하지만 우진은 바꾸고 싶은 욕구를 꾹 눌러 참았다.

어차피 감독 부임 후에 초반 연패는 각오하고 있었다. 우진도 사람인 만큼 승부욕이 있었고, 지는 것이 누구보다 싫은 사람이었다. 하지만 지금은 눈앞의 1승에 목을 매달고 달려들 때가 아니었다.

한성 비글스라는 팀이 얼마나 형편없는지 직접 눈으로 확인하는 게 필요했다. 바닥이 어딘지 알아야만 문제점을 정확히 짚어낼 수 있었고, 또 개선할 수 있었으니까.

"오실 필요 없다니까."

우진이 그라운드로 향해 있던 시선을 돌려 구단주 관람석을 살폈다. 한동안 연패를 거듭할 테니 굳이 찾아와서 눈으로 확인할 필요가 없다고 충고를 했건만, 강균성은 망원경까지 눈에 갖다 댄 채 경기를 지켜보고 있었다.

"자, 바닥이 어디인지 한번 보여줘 봐."

우진이 감독석에 등을 묻으며 중얼거린 순간, 심원 패롯스의 2번 타자가 노려 친 타구가 중견수의 키를 훌쩍 넘겨 펜스를 직접 때렸다.

Chapter 8

0 : 5

3회가 끝났을 때 스코어는 어느덧 다섯 점 차로 벌어져 있었다. 3회 말 공격이 삼자범퇴로 끝난 탓에 쉴 시간도 여유 있게 갖지 못한 채 김전우는 다시 마운드로 올랐다.

"후우!"

김전우의 입가를 비집고 저절로 한숨이 새어나왔다.

이제 겨우 4회 초가 시작됐을 뿐인데, 투구 수는 벌써 70개에 육박해 있었다. 선발투수로 마운드에 올랐을 때, 평균 투구 수가 90개 언저리였던 것을 감안하면 4회 초까지 던지는 것이 한계였다. 하지만 신임 감독인 노우진이 부임하면서 많은 것이 달라졌다.

'아무도 없다?'

혹시나 하는 기대를 갖고 불펜을 살폈지만, 아직 몸을 푸는 중간 계투 요원은 보이지 않았다. 그리고 김전우도 어제 유현식의 경기를 지켜보았고, 노우진의 인터뷰 기사도 보았다.

"선발투수로 나와서 6이닝도 책임지지 못할 거면 선발 로테이션에서 빠지라고. 보직은 언제든지 바꿔줄 수 있다고 전해주세요."

유현식의 누가 뭐라고 해도 한성 비글스 팀의 에이스 투수였다. 그리고 지금까지 감독들은 유현식에게 에이스 대우를 확실하게 해주었다. 이지간한 요구는 모두 들어주었던 것이었다.

하지만 신임 감독인 노우진은 확실히 달랐다.

신임 감독으로 취임한 지 불과 일주일도 지나지 않은 시점이었지만, 유현식의 선발 로테이션을 바꾼 것으로 모자라 6이닝을 책임지지 않으면 보직을 바꿀 수도 있다는 식으로 은근한 압력까지 가했다.

한성 비글스 팀의 에이스인 유현식에게 저렇게 강한 어조로 말하는 판국인데, 김전우라고 해서 예외일 리 없었다.

만약 6이닝을 책임지지 못하고 내려간다면, 어렵게 꿰찬 선발 보직이 바뀔지도 모른다는 두려움이 엄습해서 김전우를 괴롭혔다.

'어쩌지?'

김전우가 선뜻 공을 던지지 못하고 머뭇거리며 애꿎은 로진 백만 주물럭거렸다. 아직 공에 힘이 떨어진 것은 아니었다. 그렇지만 공을 던지는 것이 점점 두려워졌다.

스트라이크 존은 좁았고, 카운터를 잡기 위해 스트라이크 존에 공을 던져 넣을 때마다 타자들의 방망이는 매섭게 돌아갔다.

안타를 맞는 것이 자꾸 두려워지다 보니, 유인구가 늘어났고, 사사구도 늘어났다. 투수 수와 실점도 덩달아 늘어났고.

김전우가 당황해서 갈피를 잡지 못하는 사이, 경기 시작이 지연되는 것을 참지 못한 심판이 주의를 줬다. 애써 괜찮은 척 보이기 위해서 웃어보려고 했지만, 석고상처럼 굳어져 버린 입꼬리는 말려 올라가지 않았다.

'열다섯 개 이상 던지면 안 돼!'

억지로 웃기 위해 애쓰며 김전우는 맹렬하게 머리를 회전시켰다. 평균 투구 수는 90개 언저리였지만, 한계 투구 수는 110개 언저리였다. 3이닝을 더 책임져야 한다고 계산하면 이닝당 투구 수를 15개 이내로 마쳐야 했다.

'정면 승부!'

경기는 이미 5점 차로 벌어진 상황이었다. 한성 비글스 타자들의 빈약한 타격을 감안한다면 이미 패배는 확정적이었다. 어차피 승리가 날아간 지금, 중요한 것은 무슨 수를 써서라도 6이닝까지 마운드에서 버티는 것이었다.

그리고 그것을 위해서 필요한 것은 두들겨 맞는 것을 두려워하며 유인구를 던지는 것이 아니었다. 과감하게 승부를 걸어야 했다.

로진백을 바닥에 버린 김전우가 타석에 들어서 있는 심원 패롯스의 3번 타자를 노려보다가 와인드업을 했다.

오늘 컨디션이 최상인 3번 타자 최동주는 카운터를 잡기 위해 들어갔던 슬라이더를 놓치지 않고 받아쳐 2개의 2루타를 기록하고 있었다.

슈아악.

김전우가 힘껏 뿌린 공이 한가운데로 들어갔다. 칠 테면 치라는 마음으로 던진 직구. 예상대로 최동주는 방망이를 힘껏 돌렸다.

팅. 장타를 얻어맞을 거라 판단하고 두 눈을 질끈 감았던 김전우가 예상치 못한 둔탁한 소리를 듣고서 눈을 떴다.

최동주의 방망이 윗부분에 맞은 공은 앞이 아니라 뒤쪽으로 뻗어갔다.

포수가 플라이를 처리하기 위해서 마스크를 벗고서 최선을 다해 달려갔지만, 아쉽게도 높이 뜬 공은 그물망을 맞고 아래로 떨어졌다.

어깨를 축 늘어뜨린 채 숨을 헐떡이며 마스크를 줍는 포수의 움직임은 보이지도 않았다. 살짝 고개를 갸웃거린 김전우가 2구를 던질 준비를 시작했다.

바깥쪽 슬라이더. 포수는 스트라이크 존으로 들어오다가 바깥쪽으로 빠져나가는 유인구를 사인으로 냈다.

노 볼 1스트라이크라는 볼카운트가 오늘 타격감이 최고조인 최동주를 감안하면 당연한 사인이었지만, 김전우는 고개를 흔들었다.

유인구를 던지다 보면 투구 수가 늘어난다는 압박감이 마음을 짓눌렀다. 그리고 하나 더, 조금 전 던졌던 직구를 눈을 감아버리는 바람에 제대로 확인하지 못했다.

손끝을 떠나던 공의 감각이 이전과 달랐다. 손가락 끝에 제대로 채인 덕분에 힘이 더 실린 느낌이랄까?

이번에는 자신이 던진 직구를 두 눈으로 직접 확인하고 싶었다.

'칠 테면 어디 한번 쳐 봐! 까짓것 홈런밖에 더 맞겠어!'

김전우가 다시 와인드업을 했다. 앞으로 내민 왼발은 축. 좌르륵. 흙이 밀려 나가며 축이 된 왼발에 제대로 힘이 실린다는 느낌이 들었다. 행여나 밀려 나가지 않도록 단단히 고정한 채 허리를 숙이며 공을 글러브에서 빼냈다.

'닿았다?'

손끝에서 공이 떠나는 순간, 김전우가 두 눈을 부릅떴다. 공을 움켜쥔 손등에 흙 알갱이가 스치고 지나갔다. 말 그대로 손등이 바닥에 스친 것이었다.

슈아악.

김전우가 깜짝 놀라는 사이, 손끝을 떠난 공은 이번에도 한가운데로 향했다. 이번에는 놓치지 않겠다는 듯 이를 악문 최동주가 공을 노려보며 힘껏 방망이를 돌렸다.

'떠올랐다?'

유연한 궤적을 만들며 힘껏 휘둘렀던 최동주의 방망이는 공이 아니라 허공을 갈랐다. 반쯤 돌아간 헬멧을 왼손으로 쥔 최동주가 고개를 갸웃할 때, 김전우도 놀란 표정을 감추지 못했다.

그냥 직구였다. 그런데 방금 전 김전우가 던진 공은 홈플레이트를 통과하는 순간 위로 솟구쳤다.

그 탓에 정확한 타격 포인트를 잡고 휘둘렀던 최동주의 방망이가 맹렬히 헛돌았던 것이었다. 헬멧을 고쳐 쓰고 분한 듯 팡팡 손으로 두드리고 있는 최동주를 물끄러미 바라보던 김전우가 고개를 숙여 오른손을 내려다보았다.

'업숏?'

언더핸드 투수인 만큼 김전우가 가장 닮고 싶은 선수는 바로 같은 언더핸드 투수로서 메이저리그를 호령했던 김병현이었다.

그런 김병현의 트레이드 마크라 할 수 있는 것이 바로 업숏이라는 구질이었고, 타자 앞에서 갑자기 떠오르는 공은 최고라 불리던 메이저리그 타자들도 당황케 만들었었다.

'우연일까?'

직구 그립과 슬라이더 그립.

방금 전에는 두 개의 그립이 적당히 섞인 애매한 그립을 쥔 채 직구를 던졌었다.

그리고 거짓말처럼 업숏이 들어갔다. 단순한 우연일지도 모르겠다는 생각도 들었지만, 최동주의 앞에서 솟구치던 공의 궤적은 눈앞에 생생하게 남아 있었다.

이 감각을 잊고 싶지 않았다. 그래서 김전우는 포수에게 어서 공을 달라는 신호를 보내며 재촉했다. 포수에게서 공을 돌려받은 김전우가 숨도 고르지 않고 바로 와인드업 자세를 취했다.

'슬라이더 그립을 쥔 채 직구처럼 뿌려보자!'

이 공을 던지면 안타를 맞을 거라는 두려움은 흔적도 없이 사라졌다. 지금 김전우의 머릿속을 가득 채우고 있는 생각은 딱 하나뿐이었다.

'이 감각이 다시 사라지기 전에 어서 공을 던지고 싶다. 그래서 업슛을 구사한 것이 우연이 아니라는 것을 증명하고 싶다!'

김전우가 왼발을 축으로 삼아 허리를 숙이며 비틀었다.

차르륵. 손등을 스치는 흙 알갱이의 느낌이 기분 좋게 만들었지만, 머릿속에 생각이 많아서일까? 손끝에서 공을 놓는 릴리스 포인트를 놓쳤다. 그 탓에 지금까지 타자의 무릎 근처에서 제구되던 공이 떠올랐다.

한가운데로 들어가는 높은 직구.

명백한 실투였고 상대 타자인 최동주의 타격감과 장타력을 감안한다면 최소한 2루타 이상의 장타로 이어질 확률이 높았다.

그래서 망연자실한 표정을 지은 채 손끝을 떠난 공의 궤적을 바라보던 김전우가 입술을 깨물었다.

슈아악.

실투를 놓치지 않겠다는 듯 최동주가 힘껏 배트를 휘두르는 순간, 밋밋하게 들어가던 공이 갑자기 떠올랐다.

'우연이 아니었다!'

이번 공은 아까보다 훨씬 더 높이 떠올랐다. 덕분에 날카롭게 돌아갔던 최동주의 방망이는 애꿎은 허공만 갈랐다.

포수의 미트에 들어가 있는 공을 확인한 최동주가 믿기지 않는다는 듯 고개를 절레절레 흔들며 더그아웃으로 걸어서 돌아갔다.

다음 타자는 심원 패롯스의 4번 타자이자 외국인 타자인 히메네스였다.

시즌 초반 한국 야구에 적응하지 못하고 고전했지만, 시즌의 막바지를 향하며 한국 야구에 적응한 히메네스의 상승세는 무서웠다. 최근 10경기의 타격 성적이 무려 5할에 육박했고, 홈런도 여섯 개나 몰아치고 있었다.

예전이었다면 히메네스가 등장하자마자 겁부터 집어먹었으리라. 그래서 볼넷으로 거를 것을 각오하고 유인구를 남발했으리라.

하지만 지금 김전우는 달랐다. 최동주를 삼진으로 돌려세운 업슛을 다시 확인하고 싶어서 안달이 난 상황이었다.

바깥쪽 싱커. 포수는 유인구인 싱커를 요구했다.

하지만 김전우는 고개를 흔들며 직구를 고집했다. 그리고 머릿속으로는 조금 전 던졌던 업슛만 떠올렸다. 직구 그립이 아니라 슬라이더 그립을 쥔 채 직구처럼 던졌을 때, 홈플레이트 앞에서 공이 솟구치는 각도가 가장 컸다.

슈아악.

김전우가 한가운데로 던진 공이 홈플레이트를 통과하는 순간, 공격 성향이 강하기로 소문난 외국인 타자답게 히메네스의 방망이가 힘껏 돌아갔다.

카앙. 방망이와 공이 부딪히는 소리는 요란했다. 하지만 김전우는 외야 쪽으로 고개를 돌리지 않았다.

마지막 순간, 위로 떠오른 공은 히메네스가 휘두른 방망이 위쪽을 맞았다. 높게 떠오른 공은 내야를 벗어나지 못했고, 유격수가 콜을 외치며 달려와 가볍게 처리했다.

공 네 개를 던졌을 뿐인데 순식간에 투아웃을 잡았다. 업숏이라는 최고의 구종이 예고도 없이 장착된 덕분에 자신감이 붙은 김전우가 와인드업을 했다.

슈아악. 팅.

한가운데로 던진 업숏이 5번 타자가 휘두른 방망이에 걸렸지만 공의 위력에 밀려서 1루 측 파울이 됐다. 2구 역시 한가운데 업숏을 던진 김전우의 눈썹이 꿈틀했다.

따악. 업숏에 대해서 어느새 대비를 한 5번 타자가 친 타구는 방망이에 제대로 걸렸다. 1루수인 장태준의 키를 훌쩍 넘긴 공은 간발의 차로 파울로 선언됐고, 포수로부터 공을 건네받은 김전우가 한숨을 내쉬었다.

상대가 적극적으로 대처하고 있음에도 불구하고 업숏은 여전히 위력적이었다. 와인드업을 한 김전우가 혼신의 힘을 다해 3구를 뿌렸다.

슈아악.

타자의 몸 쪽 무릎 높이로 제구된 공이 자석에 이끌리듯이 포수의 미트를 향해 다가갔다. 마치 몸 쪽 공이 들어오길 기다렸다는 듯이 타자도 힘껏 방망이를 휘둘렀다.

공이 떠오르는 각도까지 계산한 방망이가 힘껏 돌아간 순간, 김전우가 오른 주먹을 불끈 움켜쥐었다.

"스트라이크 아웃!"

타자가 휘두른 방망이와 김전우가 던진 공과의 격차는 엄청났다. 당연히 업슛이 들어올 거라고 예상하며 타자는 방망이를 휘둘렀지만, 김전우가 이번에 던진 공은 업슛이 아니라 싱커였다.

홈플레이트에서 위로 떠오르는 대신 원 바운드성으로 뚝 떨어진 싱커는 타자의 중심을 무너뜨리며 삼진으로 돌려세웠다.

'이거야!'

업슛과 싱커.

가장 상반되는 두 가지 구질을 장착하자 만들어지는 시너지 효과는 엄청났다.

우와아! 관중들이 쏟아내는 환호성을 들으며 더그아웃으로 걸어 들어오던 김전우가 감독석을 살폈다.

'칭찬 한마디라도 해주면 좋으련만.'

아무런 표정 변화 없이 껌을 씹고 있는 노우진의 의중을 김전우는 여전히 읽을 수 없었다.

꿈틀거리던 뱀이 먹잇감을 발견하고 머리를 곧추세우듯 홈 플레이트 앞에서 갑자기 솟아오르는 업슛을 확인한 순간, 우진은 하마터면 감독석에서 벌떡 일어날 뻔했다.

이번 경기에서는 한성 비글스라는 팀의 바닥을 확인할 뿐, 아무것도 얻을 수 있는 것이 없을 거라는 우진의 예상은 빗나갔다.

투구 수의 압박이라는 궁지에 몰린 김전우는 포기하는 대신 스스로 자신을 둘러싸고 있던 벽을 허물었다. 그 덕분에 업슛이라는 우연이 겹친 행운을 얻었다. 그리고 그게 다가 아니었다.

비록 새가슴이라 불릴 정도로 정신적인 면에서 문제가 있기는 했지만, 영리한 선수인 것은 틀림없었다.

업슛이라는 구종을 장착했을 때, 자신의 대표 구종인 싱커의 위력이 배가 된다는 것을 김전우는 금세 알아챘다.

"두 이닝 정도 더 맡겨도 되겠군."

김전우의 분전으로 마운드가 안정된 상황이니, 이제 공격에서 해답을 찾아야 했다. 심원 패롯스의 선발투수인 윤명준은 최고 구속이 140㎞인 직구를 던지는 투수이니 파이어볼러와는 거리가 멀었다.

그럼에도 불구하고 심원 패롯스 팀에서 3선발을 맡고 있는 만큼 제구력과 다양한 구종이라는 장점이 있었다.

팔색조.

윤명준의 이름 앞에 붙어 있는 별명이었다. 그리고 팔색조란 별명이 어울릴 만큼 그가 사용하는 구종은 다양했다.

슬라이더, 포크볼, 커터, 커브 등등. 한 손에 꼽기 힘들 정도로 다양한 구종의 공을 던지는 데다가 제구력까지 정교해서 팬들은 '한국의 매덕스'라는 별명까지 붙여주었었다.

그리고 그가 던지는 다양한 구종에 농락당한 한성 비글스 팀은 지금까지 윤명준에게 퍼펙트 게임을 허용하고 있었다.

4회 말. 타순은 다시 1번 타자부터 시작이었다. 우진이 눈살을 찌푸리고 있자 초조한 기색에 안절부절못하고 있던 타격 코치가 선수들을 불러모았다.

"자꾸 유인구에 방망이가 따라 나가니까 안타가 안 나오는 거야. 유인구는 내버려 둬. 직구 하나만 노려서 쳐."

타격 코치의 분석은 나름대로 정확했다. 문제는 이 조언을 타자들이 제대로 받아들이고 타석에서 적용할 수 있는가였다.

우진이 팔짱을 낀 채 1번 타자인 고동선의 타격을 물끄러미 지켜보았다. 첫 타석에서 포크볼에 속아 삼구 삼진을 당했던 고동선은 스트라이크를 잡기 위해 한가운데로 슬라이더가 들어왔지만 미동도 하지 않았다.

"스트라이크!"

심판의 콜 선언을 들으며 우진이 고동선에 대한 데이터를 떠올렸다.

고동선

보직 : 2루수 겸 1번 타자

평균 타율 : 245

선구안 : 하

주루 능력 : 상

평균 도루 : 17개

수비 능력 : 하

신체 조건 : 신장 172㎝, 체중 65㎏

잠재 능력 : 상

고등학교를 졸업하고 바로 프로에 뛰어들어 7년 차가 된 고동선의 나이는 스물여섯, 한성 비글스에 입단할 당시만 해도 초고교급 선수라는 평가를 받았었다.

그 덕분에 운 좋게 아시안게임 국가 대표로 뽑혀서 태국전에 단 한 경기만 출전하고도 병역 혜택까지 얻었다.

첫 해 풀타임 주전으로 출전하며 타율 2할 8푼 9리. 도루 23개를 기록하며 신인왕 경쟁까지 펼쳤지만, 그게 고동선이 프로에서 기록한 최고 기록이었다.

한국 야구를 책임질 톱타자 겸 2루수가 될 거라는 평가가 무색하리만치 고동선의 성장은 느렸다.

프로에 제대로 적응하지 못하고 타율은 점점 떨어졌고, 출루율이 낮아지자 장점인 주루 능력도 제대로 발휘되지 못했다.

그래서 지금은 평범에도 미치지 못하는 톱타자가 되어 있었다.

그 사이, 윤명준이 2구를 던졌다. 바깥쪽으로 휘어져 나가는 커터에 고동선이 방망이를 휘둘렀다.

틱. 방망이 끝에 걸린 타구는 1루 측 파울라인을 벗어났다. 파울라인을 아슬아슬하게 벗어나지 않았다면 평범한 땅볼이 되었을 터. 안도의 한숨을 내쉰 고동선이 다시 타석에 들어섰다.

신중한 기색으로 투수를 노려보던 고동선이 몸 쪽으로 파고드는 포크볼을 향해 힘껏 방망이를 휘둘렀다.

툭. 갑자기 뚝 떨어진 공은 원 바운드로 들어왔고 고동선의 방망이를 애꿎은 허공만 갈랐다. 첫 타석과 마찬가지로 삼구 삼진이라고 모두 생각한 순간, 포수의 미트를 맞고 공이 옆으로 튕겨졌다.

스트라이크 낫아웃.

상황을 재빨리 파악한 고동선은 1루 베이스를 향해 전력 질주했다. 100m를 12초 초반에 끊는 무시무시한 주력이 빛을 발했고, 당황한 포수가 공을 한 번 더듬는 사이 고동선은 1루에 무사히 안착했다.

무사 1루.

윤명준이 이어가고 있던 퍼펙트 게임은 의외의 상황으로 인해 깨졌다. 윤명준이 마운드를 발로 툭툭 차며 아쉬운 기색을 드러내는 사이, 2번 타자인 장기형이 타석에 들어섰다.

퍼펙트 게임이 깨진 아쉬움 탓일까? 기계처럼 정교하던 윤명준의 제구력이 흔들리기 시작했다. 기민히 서서 공 나섯 개를 지켜본 장기형은 볼넷으로 1루로 걸어 나갔다.

실책과 갑작스러운 제구력 난조로 무사 1, 2루가 되자 심원 패롯스의 더그아웃이 바빠지기 시작했다. 어수선한 분위기 속에서 3번 타자인 최익성은 초구부터 방망이를 내밀었다.

틱.

슬라이더를 당겨 쳤지만 제대로 맞은 타구는 아니었다. 하지만 타구의 방향이 기가 막혔다.

유격수와 3루수 사이를 빠져나가는 타구. 유격수가 몸을 날려서 공을 잡는데 성공했지만, 그게 전부였다. 타이밍을 놓친 유격수는 송구도 하지 못했고, 무사 만루의 천금 같은 기회가 찾아왔다.

경기의 흐름이 한성 비글스 팀으로 넘어온 순간, 동상처럼 감독석에 앉아만 있던 김준수가 일어서서 마운드로 걸어 나왔다.

'교체?'

이제 겨우 4회 말, 투수 교체 타이밍으로는 너무 일렀다. 그리고 우진의 예상대로 김준수는 흔들리고 있는 윤명준의 어깨를 두드려 주고는 다시 돌아왔다.

'무슨 말을 했을까?'

우진이 다시 감독석에 앉아서 무표정한 얼굴로 경기를 지켜보는 김준수를 살필 때, 마침 시선이 부딪혔다. 착각일까? 김준수의 입꼬리가 살짝 올라간 것처럼 느껴졌다. 그래서 우진의 머릿속이 더 복잡해졌을 때, 윤명준이 초구를 던졌다.

몸 쪽 꽉 찬 직구.

자신 있게 던진 직구를 4번 타자인 장태준은 멀거니 바라보기만 했다.

2구 역시 몸 쪽 꽉 찬 직구. 몸 쪽 낮은 공에 약점을 가지고 있는 장태준의 방망이는 미동도 하지 않았다.

노 볼 2스트라이크. 카운터는 순식간에 불리하게 몰렸고, 무사 만루의 기회에서 타석에 선 장태준이 방망이를 움켜쥔 양손에 힘을 더했다.

슈아악.

윤명준이 던진 3구는 바깥쪽 슬라이더였다. 마침내 노리고 있던 바깥쪽 공이 들어오자 장태준은 지체하지 않고 방망이를 휘둘렀다. 하지만 크게 휘어진 공에 장태준이 내민 방망이가 닿기에는 한참 모자랐다.

"우우우!"

팀의 4번 타자답지 않은 어이없는 스윙을 하고 삼진으로 물러난 장태준에게 팬들의 야유가 쏟아졌다. 어깨를 으쓱하며 더그아웃으로 걸어 들어오는 장태준을 노려보던 우진이 희미하게 고개를 끄덕였다.

조금 전, 김준수가 마운드에 올라가서 윤명준에게 무슨 이야기를 했는지 짐작이 갔다.

"약점을 공략하라고 했겠지."

한성 비글스 팀의 4번 타자를 맡고 있는 장태준은 분명히 장타력을 갖춘 타자였다. 투수가 던진 실투를 놓치지 않고 담장을 넘기는 능력이 있었다. 하지만 제구력이 뛰어난 투수를 만날 때는 장타력이라는 장점이 빛을 발하지 못했다. 오히려 단점이 더욱 두드러졌다.

몸 쪽 공에 약점을 갖고 있는 장태준에 대해 김준수는 정확히 파악하고 있었고, 제구력을 갖춘 윤명준은 장태준의 약점인 몸 쪽을 자신있게 공략했다.

그리고 강점인 바깥쪽 공만 노리고 있던 장태준의 의중을 명확히 파악하고 완벽한 유인구로 방망이를 끌어냈다.

'10개 구단 중 최악의 4번 타자!'

연봉을 4억이나 받고 있지만, 장태준에 대한 우진의 평가는 명확했다. 그리고 장태준이 다가 아니었다. 10개 구단 중 최악의 4번 타자에 이어 최악의 5번 타자가 타석으로 들어서고 있었다.

한성 비글스의 외국인 타자이자 5번 타자인 곤잘레스가 타석에 들어섰다.

메이저리그 경험이 풍부한 왼손 거포. 한성 비글스가 큰 기대를 걸고 거액의 웃돈까지 건네며 곤잘레스와 계약한 이유였다.

하지만 시즌 말미에 다다른 시점에 곤잘레스가 기록하고 있는 성적은 참혹했다.

2할 3푼대의 낮은 타율에 기대했던 홈런은 고작 열네개에 불과했다.

게다가 홈런의 영양가도 없었다. 솔로 홈런이 대부분이었고, 그나마도 대부분 승부와 상관없는 순간에 터져 나온 홈런이었다.

우진의 껌 씹는 속도가 빨라졌다. 실책과 제구력 난조가 겹

치며 경기의 흐름이 바뀌었다.

하지만 이번 기회를 놓친다면 경기의 흐름은 순식간에 다시 넘어갈 것이었다.

그래서 대타 카드를 꺼내고 싶었다. 입속에서 몇 번씩이나 대타를 쓰겠다는 말이 맴돌았지만, 우진은 결국 입을 다물었다.

이번 경기의 목표는 승리가 아니었다. 어디까지나 한성 비글스 팀의 바닥을 확인하는 것이었다.

우진은 힘겹게 팔짱을 낀 채 경기를 지켜보았고, 예상대로 곤잘레스는 연신 방망이를 헛돌렸다.

몸 쪽과 바깥쪽을 가리지 않고 큰 스윙을 하던 곤잘레스는 콧김을 씩씩 내뿜으며 3구를 기다렸다. 그리고 더그아웃에서 바라보는 우진의 눈에도 명확하게 볼이라는 것이 보이는 몸 쪽 포크볼을 받아쳤다.

틱. 기다리고 있던 3루수의 글러브로 공이 빨려 들어갔고, 2루를 거친 공은 1루로 뿌려지며 한성 비글스의 4회 말 공격은 무사 만루의 기회를 허공에 날리고 득점 없이 끝났다.

"스트라이크 아웃!"

심판의 손이 올라가는 것을 확인한 김전우가 오른 주먹을 불끈 움켜쥐었다. 업숏이 가미되면서 싱커의 위력은 배가됐다. 자신감이 붙자 타자와의 승부에서 도망치는 대신 정면 승부를 펼쳐도 안타를 얻어맞을 것 같다는 두려움이 사라졌다.

6번 타자를 삼진으로 처리한 김전우가 타석에 들어선 7번 타자를 노려보았다.

심원 패롯스 팀의 7번 타자인 조동균은 7번 타순으로 밀려 있었지만, 선구안이 좋은 타자였다.

게다가 공을 맞추는 능력만큼은 소문이 자자할 정도였다. 그리고 그 소문은 헛되지 않았다.

초구인 업숏에 헛스윙을 했던 조동균은 2구째 던진 싱커를 놓치지 않고 받아쳤다. 하지만 업숏이 들어올 것을 대비하느라 타격폼은 엉성했고, 엉덩이가 빠진 채 갖다 맞춘 것에 불과했다.

툭. 빗맞은 타구는 3루 파울라인을 따라 데굴데굴 굴러갔다.

3루수인 신중길이 전력으로 대시하며 공을 낚아채 1루로 힘껏 뿌렸다.

중심이 무너진 상황이었지만 송구의 방향은 정확했다. 원 바운드로 들어간 송구였지만, 1루수인 장태준이 잡지 못할 공은 아니었다.

그러나 장태준의 수비는 엉성하기 그지없었다.

간신히 글러브로 공을 낚아채는 데는 성공했지만, 술에 취한 것처럼 비틀거리며 균형이 무너졌다.

장태준이 넘어진 사이, 베이스에서 발이 떨어졌고 심판은 가로로 몇 번씩이나 손을 뻗으며 세이프를 선언했다.

"송구가 안 좋았어."

겸연쩍게 웃으며 장태준이 변명을 꺼냈다. 평소였다면 그냥 웃고 넘겼으리라. 하지만 이번엔 그럴 수 없었다.

투구 수를 하나라도 줄이기 위해 필사적으로 정면 승부를 하고 있는데, 장태준의 형편없는 수비 탓에 아웃 카운트 하나를 날려 버린 셈이었다.

그런데 미안한 기색도 없이 3루수의 송구 탓이라고 책임을 회피하는 장태준을 보고 있자니 부아가 치밀었다.

"송구는 정확했어."

"뭐?"

"니가 못 받은 거야."

"이 새끼, 지금 뭐라 그랬어?"

"왜? 내가 틀린 말 했어? 연봉을 4억씩이나 받으면서 병살타로 찬스 다 끊어먹고, 수비를 할 때도 그렇게 쉬운 공도 못 받잖아?"

"너 이 새끼, 다시 한 번 말해 봐."

장태준이 두 눈을 부라렸다.

흥분한 탓에 말이 너무 심했다는 생각이 뒤늦게 들었지만, 김전우도 화가 잔뜩 난 상황이었다. 기왕지사 내친 걸음. 여기서 꼬리를 말고 물러날 생각은 없었다.

"연봉값 좀 하지."

"이 새끼가 진짜!"

"씨발. 언제부터 날 살뜰히 대해 줬다고 말끝마다 새끼야. 그리고 술 마셨으면 술이라도 깨고 그라운드에 나오던가!"

비아냥대던 김전우의 눈에 장태준이 글러브를 벗어서 바닥에 내팽개치는 모습이 보였다.

그리고 장태준의 커다란 주먹이 눈앞으로 다가오는 것을 피하자마자 태클을 걸었다.

풀썩. 장태준의 거구가 맥없이 바닥에 쓰러지며 먼지가 풀썩 일었다.

"벤치 클리어링이다!"

"저게 무슨 벤치 클리어링이야? 같은 편끼리 싸우는 건데?"

"막장이 따로 없네!"

"그래, 잘한다. 경기보다 이게 더 재밌다!"

언제 얻어맞은 걸까?

얼굴이 화끈거렸다. 장태준의 위에 올라탄 김전우도 지지 않고 주먹을 휘둘렀다.

그리고 강한 힘이 뒤에서 덮치며 누군가가 끌어낸 후에야 주먹질을 멈추었다.

왜인지는 모르겠지만 시야가 온통 붉게 변해 있었다. 흥분한 관중들의 야유 소리를 들으며 김전우가 고개를 더그아웃으로 돌렸다.

붉게 변한 시야 가운데 감독석에 앉아 있는 노우진이 주먹을 불끈 쥐고 있는 것이 보였다.

『게임볼』 2권에 계속…

미러클
테이머

인기영 장편소설
FUSION FANTASTIC STORY

MIRACLE
TAMER

이계로 떨어져 최강, 최고의 테이머가 되었다.
그러나… 남은 것은 지독한 배신뿐.

배신의 끝에서 루아진은 고향, 지구로 되돌아오게 되는데……
몬스터가 출몰하기 시작한 지구!
그리고 몬스터를 길들일 수 있는 테이머 루아진!
그 둘의 조합은……?

『미러클 테이머』

바야흐로 시작되는
테이머 루아진과 몬스터들의 알콩달콩한
대파괴의 서사시!!

Book Publishing CHUNGEORAM

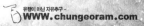